나는 예쁘지 않습니다

나는 예쁘지 않습니다

초판 1쇄 발행 2018년 10월 24일
초판 4쇄 발행 2023년 10월 12일

지은이 | 배리나
펴낸이 | 金湞珉
펴낸곳 | 북로그컴퍼니
주소 | 서울시 마포구 와우산로 44(상수동), 3층
전화 | 02-738-0214
팩스 | 02-738-1030
등록 | 제2010-000174호

ISBN 979-11-89166-52-6 03810

· 이 도서의 국립중앙도서관 출판예정도서목록(CIP)은 서지정보유통지원시스템 홈페이지 (http://seoji.nl.go.kr)와 국가자료공동목록시스템(http://www.nl.go.kr/kolisnet)에서 이용하실 수 있습니다.(CIP제어번호: CIP2018032502)

나는 예쁘지 않습니다

배리나 지음

화장을 지우고 페미니스트가 되다

북로그컴퍼니

프롤로그

《나는 예쁘지 않습니다》를 펴내며

지난 6월, 출판사 대표님에게서 연락이 왔다. 〈나는 예쁘지 않습니다〉 영상을 감명 깊게 봤다고, 나와 함께 외모 코르셋을 주제로 책을 내고 싶다고 하셨다.

그 메일을 받고 수많은 생각이 머릿속을 스쳤다. 처음에는 나 같은 게 무슨 책이야 싶었다. 내가 책을 쓸 만한 인물은 아니라고 생각했으니까. 나서는 걸 싫어하고, 글도 잘 못 쓰고, 책이 어떻게 만들어지는지도 모르는 내가 그런 작업을 할 수 있을지 확신이 서질 않았다. 엄마 아빠도 걱정을 많이 하는 눈치였다. 무엇보다 악성 댓글들이 무서웠다. 또 다른 희롱거리를 주는 게 아닌가 걱정도 됐다.

하지만 오랜 시간 고민한 끝에, 결론을 내렸다. 조롱하고 희롱하는 그 사람들이 나쁜 거지, 내가 하는 행동은 조롱의 대상이 아니라고. 무엇보다 계속 숨기만 하고 눈치만 보면 아무것도 할 수 없다고. 이런 기회는 흔치 않으니 용기를 내서 잡았다.

이 책은 내 이야기이지만, 동시에 모든 여성의 이야기이기도 하다. 한국에서 사는 여성이라면 어쩌면 한 번쯤 느꼈을 감정들, 상황들……
그런 공감 가는 이야기들을 풀어나가고자 노력했다. 물론 모두 나와 같은 일을 겪지는 않았을 테니, 읽다가 '어? 이렇게 힘든 일도 겪었어?'라며 놀라는 부분도 있을 것이다. 어쩌면 과장된 경험담이라고 생각할 수도 있다. 하지만 그 일은 다행히 본인이 겪지 않았을 뿐 누군가는 반드시 겪는 일이다.

이 책이 친구들과 자매들, 주변 사람들을 이해하고 공감하게 해주는 매개체가 되면 더할 나위 없이 좋겠다. 또한 누군가가 나에게 용기를 줬듯, 이 책에 담겨 있는 이야기들이 누군가에게 힘과 용기가 되고 외모에 대한 생각들을 돌아보는 계기가 되면 그것만으로도 나는 너무 행복할 것이다.

평소에 나는 나서서 행동하는 걸 싫어하는 성격이다. '나 말고 누군가가 하겠지'라는 생각을 늘 해왔다. 그래서 나 자신을 페미니스트라고 이야기하며 같이 분노하고 슬퍼했지만 정작 행동에 옮기는 일은 거의 없었다. 아니, 오히려 관심이 크게 없었던 거 같다. 입으로만 페미니스트라 말하고 다녔다고나 할까. 그래서 유튜브에 〈나는 예쁘지 않습니다〉를 올린 건 나에게 있어 엄청난 모험이었다. 영상을 찍기까지 많은 고민을 했고, 올리기 직전까지도 '올려도 될까?'라는 생각에 차마 업로드 버튼을 누르지 못했다. 무섭고 두려웠다. 이 책 또한 마찬가지였다.

만들면서도 머릿속엔 '난 페미니즘에 대한 지식이 별로 없는데 이 책을 과연 써도 될까? 이게 맞는 걸까?'라는 생각이 계속 맴돌았다. 그런 생각을 지우기 위해 이 책을 쓰면서 정말 많은 공부를 했다. 그럼에도 불구하고 나는 완벽하지 않은 사람이기에 내 생각들이 다 맞을 수는 없다. 이 책이 세상에 나온 뒤에도 나는 끊임없이 공부하며 성장해나갈 것이기에, 나중에는 내 생각이 이 책과 또 달라질 수도 있다. 그러니 이 책은 정답이나 해결책이 아닌, 그저 한 여성의 솔직한 이야기와 성장기로 봐줬으면 한다.

또한 나는 '한국 여성이 겪는 일', 한국에서 살아가는 여성들의 이야기를 이 책에 담으려고 많이 노력했다. 우리나라에는 외국 페미니스트들의 책이 많이 번역되어 있는데, 그런 책들에는 내가 공감할 수 있는 부분도 물론 있지만 '깊게' 공감을 할 수 없는 부분이 분명 있다. 책을 쓰면서 한국 여성들의 이야기와 목소리가 더 많이 책으로 만들어졌으면 좋겠다는 생각이 커졌다. 작게나마 내가 그 한 걸음을 보탤 수 있어서 참으로 감사하고 좋다.

이 책을 쓰면서 무엇보다 좋았던 건, 나 자신과 내 생각을 다시 돌아보는 시간을 가질 수 있었다는 사실이다. 아, 내가 외모 때문에 이렇게 힘들었구나, 이렇게 아팠구나.

이제 더 이상 외모 때문에 상처받지도 말고 좌절하지도 말자는 다짐을 해본다. 자신의 가능성을 고작 겉모습 때문에 의심하는 일은 없어져야 하니까. 우리는 더 높은 곳을 향해 나아갈 수 있는 멋진 사람들이니까. 그러니까, 예쁘지 않아도 괜찮다고 꼭 말하고 싶다.

세상의 모든 여성들이 더 이상 외모 때문에 고통받지 않기를 바란다. 또한 어디에서 무얼 하든 우리들은 함께하고 있다는 걸 알려주고 싶다. 함께 살 만한 세상을 함께 개척해 나갔으면 한다.

그리고 늘 하는 이야기이지만
다들 행복했으면 좋겠다.

행복하세요.

배리나

〈나는 예쁘지 않습니다〉 유튜브 영상 바로 보기 ▶

추천사

《나는 예쁘지 않습니다》에는 응축된 열정과 강력한 에너지가 흐른다. 그의 선한 힘과 솔직한 매력은 전염성이 있다. 세상과 소통하면서, 동시에 세상과 대결하면서 발화된 우울과 상처를 정면으로 응시하면서 배리나는 규격화된 몸의 불편함과 도달 불가능한 여성성의 신화로부터 탈주하기 위한 페미니즘 실천의 한 방식으로 '탈코르셋'을 제안한다. 이제 우리는 배리나와 함께 자기 몸의 경험, 여성의 자유와 욕망에 대해 당당하게 이야기하며 자신을 있는 그대로 사랑하는 법을 알아낼 것이다. **-김영선(성공회대 실천여성학 교수)**

강요된 아름다움은 정도의 차이일 뿐 누구나 겪는 일이다. 꾸미는 것이 자기만족이라고? 나 또한 아나운서가 된 이후 더 예뻐 보이는 것이 의무처럼 느껴졌고 그렇지 못할 땐 내 탓이라 자책했다. 어느 순간 왜 그래야 할까 싶었다. 그때 배리나도 목소리를 냈다. 꾸미지 않아도 괜찮아. 그녀의 글이 고민하는 많은 여성들에게 용기를 줄 것이라 믿는다. 아름답다는 말이 더 이상 획일적인 기준이 아니길. 꾸미든 꾸미지 않든 자신이 선택하는 자유이길. **-임현주(MBC 아나운서)**

CONTENTS

PART • 3
흔한 여자의 평범한 삶

PART ◆ 4
코르셋을 벗어던지고 페미니스트가 되다

PART ♦ 1

나는 예쁘지 않습니다

내게는 꾸미지 않을 자유가 있고
옷을 편하게 입을 자유가 있습니다.
그리고 외모와 상관없이
내 가능성은 무한하고
무엇이든 해낼 수 있습니다.

이 파트는 배리나가 2018년 6월 4일에 올린
<나는 예쁘지 않습니다> 영상의 주요 장면을
일러스트와 글로 재구성한 것입니다.

YouTube
너는 꾸미면 예쁠 것 같은데
생얼 존나 눈테러 ㅋㅋ
극혐 ㅋㅋㅋㅋ
Lina Bae
0:07 / 3:32
34만
2.3만
공유
나는 예쁘지 않습니다
조회수 6,075,096회

나는 예쁘지 않습니다.

사람들은 나를 보고 말합니다.

“완전 못생겼어!”

YouTube
요즘은 화장하는 게 예의야
회사 편하게 다니네
와 진짜 존못
그러고 가니?
0:12 / 3:32
34만
2.3만
공유
나는 예쁘지 않습니다
조회수 6,075,096회

내 못생긴 얼굴을 그대로 보여주는 건
예의가 아니라고 하네요.

내 얼굴은 그 자체로 '눈테러'래요.

욕 먹기 싫어서
화장을 하려 합니다.

우선 안경부터 벗고요.

YouTube
렌즈 낀 거임?
끼나 안 끼나 그게 그건데
애쓴다 진짜
렌즈 뽐뿌 오네요
0:17 / 3:32
34만
2.3만
공유
나는 예쁘지 않습니다
조회수 6,075,096회

컬러렌즈를 끼면 내 작은 눈동자도

크고 또렷해 보여요.

나를 '눈알요정'으로 만들어주는 컬러렌즈,

한번 끼기 시작하면 절대 뺄 수 없어요.

눈이 건조하고 뻑뻑하고 아픈 건……

참아야죠 뭐.

YouTube
여자 피부가 이게 뭐야
뷰티 유튜버치고
피부가 좋은 편은 아니신 듯
비비라도 좀 발라라
0:23 / 3:32
34만
2.3만
공유
나는 예쁘지 않습니다
조회수 6,075,096회

선크림을 바른 후
톤업용 베이스를 얼굴 전체에 발라줍니다.
한국에서는 하얗고 깨끗한 피부를 선호하거든요.
까무잡잡한 저에게는 필수품이에요.

베이스를 다 바른 후 '컬러 코렉팅'을 해줍니다.
특별히 칙칙한 부분을 화사하게 밝히는 거죠.
다크서클을 가리는 데 쓰는 코렉터,
홍조와 여드름 자국 가리는 데 쓰는 코렉터가
다 따로 있어요.
결점 없는 피부를 위해 이 정도는 기본이죠.

YouTube
피부 존나 더럽네 ㅋㅋ
돼지가 화장도 하네
얼굴 면적이 넓어서 파데 금방 쓰겠다
파운데이션 먹방 ㅎ
0:31 / 3:32
34만
2.3만
공유
나는 예쁘지 않습니다
조회수 6,075,096회

파운데이션을 발라주면
내 손끝에서 피부는
환하고 매끈한 피부로 다시 태어납니다.
누군가는 피부 표현을 잘한다고 칭찬했고,
누군가는 '파운데이션 먹방'이라며
내 뚱뚱한 얼굴을 비웃었어요.

네, 얼굴 커서 죄송하네요.
이렇게 사과라도 해야 하는 건지
고민을 살짝 했습니다.

YouTube

0:45 / 3:32

34만 2.3만 공유

나는 예쁘지 않습니다

조회수 6,075,096회

아이브로 펜슬로
눈썹을 꼼꼼히 메워나갑니다.
눈썹이 고르게 나지가 않았는데
그 와중에 숱까지 많아서
제대로 다듬고 메워주지 않으면
듬성듬성, 보기가 싫거든요.
마치 잔디가 여기저기 뽑힌 것처럼.

눈썹 손질은 정말 필수예요.
진짜 급한 날에는
눈썹만 빨리 정리하고
나가기도 해요.

YouTube

눈 뜬 거냐?

눈 짝짝이 개 심하네

눈 존나 작네

0:53 / 3:32

34만 2.3만 공유

나는 예쁘지 않습니다

조회수 6,075,096회

내 눈은 좀 작지만
웃을 때 초승달 모양이 되는 게
마음에 들어요.
하지만 남들 눈에는
엄청 못나 보이나 봅니다.

눈이 짝짝이다,
주름이 이상하게 잡혔다,
쌍꺼풀 수술이 시급하다,
쌍꺼풀 수술을 해도 소용없겠다 등등.

그들에겐 내 눈이
맘대로 비웃을 수 있는
공공재 같은 건가 봐요.

YouTube

아이라인 두께 최소 삼센티

이집트 사람인 줄

법이 가로막은 댓글입니다

1:00 / 3:32

34만 2.3만 공유

나는 예쁘지 않습니다

조회수 6,075,096회

그런 공공재가 되지 않기 위해
눈 화장에 엄청난 공을 들입니다.
눈 화장은 수많은 단계를 거치는데,
특히 아이라인에 목숨 걸어요.
눈 커 보이게 하는 일등공신이기 때문이죠.

YouTube
포인트 아이섀도 뭐 쓰세요? 정보 좀
예쁜 척 극혐
그라데이션 연출법 궁금해요
1:10 / 3:32
34만
2.3만
공유
나는 예쁘지 않습니다
조회수 6,075,096회

아이섀도는 최소한 세 가지를 씁니다.
이렇게 많은 아이섀도를 눈에 바르고
겹겹이 그라데이션하다 보면
눈이 시리고 아파오지만
훨씬 더 커진 눈을 보면
눈화장을 그만둘 수 없어요.

YouTube
이 사람 못생기긴 했네
속눈썹 돈벌레인 줄
화장 말고 다엿부터 해야 할 듯
1:13 / 3:32
34만
2.3만
공유
나는 예쁘지 않습니다
조회수 6,075,096회

인조 속눈썹에 풀을 바르고 눈에 붙입니다.
답답해 보이지 않도록 주의해야 해요.
처음에는 불편했지만 이젠 적응됐어요.
눈에 풀을 붙인다는 게
얼마나 이상한지 아는데
끊지를 못하겠어요.

속눈썹 연장 시술도 알아본 적이 있어요.
그런데 얼마 못 가서 다 떨어지더라고요.
비용도 만만치 않고.
속눈썹 파마도 해보고 싶은데
한 달이면 풀린다고 하니
솔직히 돈 아깝기도 해요.

YouTube
어려 보이고 싶나 봄
수줍은 척 남심 저격용 화장! 굿
얼굴 안 그래도 터질 것 같은데
볼터치 좀 작작 해라
1:19 / 3:32
34만
2.3만
공유
나는 예쁘지 않습니다
조회수 6,075,096회

나는 스물두 살입니다.
하지만 어떤 사람들은
내 피부가 칙칙하다며
늙어 보인다고 욕해요.

10대처럼 어려 보이고 싶어서
블러셔를 발라
가짜 홍조를 만들어줍니다.

YouTube
펄감 진짜 죽인다
금방 운 것 같은 보호본능 자극b
1:22 / 3:32
34만
2.3만
공유
나는 예쁘지 않습니다
조회수 6,075,096회

뷰티 유튜버들이 추천한 핫 아이템은

하나하나 다 사들였습니다.

이런 눈 밑에 바르는 아이섀도도 그중 하나예요.

YouTube
내가 저 얼굴이면 자살할 듯
판사님 저는 돈이 없습니다
1:28 / 3:32
34만
2.3만
공유
나는 예쁘지 않습니다
조회수 6,075,096회

마스카라의 원료가 석유 찌꺼기라고 해요.
이런 걸 눈에 매일 바르면
내 눈이 괜찮을까 싶지만
마스카라를 안 하면 벌거벗은 느낌이에요.

YouTube
얼굴이 너무 넙데데해
입술 예뻐요!
질감이 너무 매트한 듯
1:31 / 3:32
34만
2.3만
공유
나는 예쁘지 않습니다
조회수 6,075,096회

입술 화장은 재미있어요.
색깔 고르는 것도, 바르는 것도.
그래서 닥치는 대로
립스틱, 립글로스, 틴트 등등을 사들였고
그렇게 산 립 제품만 수십 가지가 넘어요.

하지만 어느 날,
입술 화장을 하다가
내 입술이 비뚤어졌다는 걸
발견하고 말았어요.

한동안 거울 보기가 싫더라고요.
입술 필러를 맞을까도 생각했어요.

YouTube
진짜 용기 있으시네요
그 자신감과 마인드가 부러워요
화장 깔끔하게 잘하시네요
눈썹 표현 취향 저격
1:39 / 3:32
34만
2.3만
공유
나는 예쁘지 않습니다
조회수 6,075,096회

“

와~ 언니, 화장 잘해요!

너무 예뻐요.

립 색깔 환상적이에요!

”

화장하기 시작하고

칭찬과 격려를 많이 들었어요.

이런 말들은 내게 큰 힘이 됐어요.

자신감이 생겨났고

나를 존중하는 법도 많이 배웠어요.

내가 가치 있는 사람이 된 것 같았어요.

YouTube
남자들은 그런 화장 안 좋아해
무슨 자신감이냐 집 밖에 나오지 마
예쁘다는 사람들 솔직히 말해봐
얼굴 바꾸자고 하면
안 바꿀 거면서ㅎㅎㅎ
1:48 / 3:32
34만 2.3만 공유
나는 예쁘지 않습니다
조회수 6,075,096회

“

쥐 잡아먹은 줄

무슨 자신감이냐

집 밖에 나오지 마

찾아가서 죽여버린다

”

차마 읽을 용기조차 들지 않는

잔인한 댓글 때문에

상처도 많이 받았지만

응원이 있어

외롭지 않았어요.

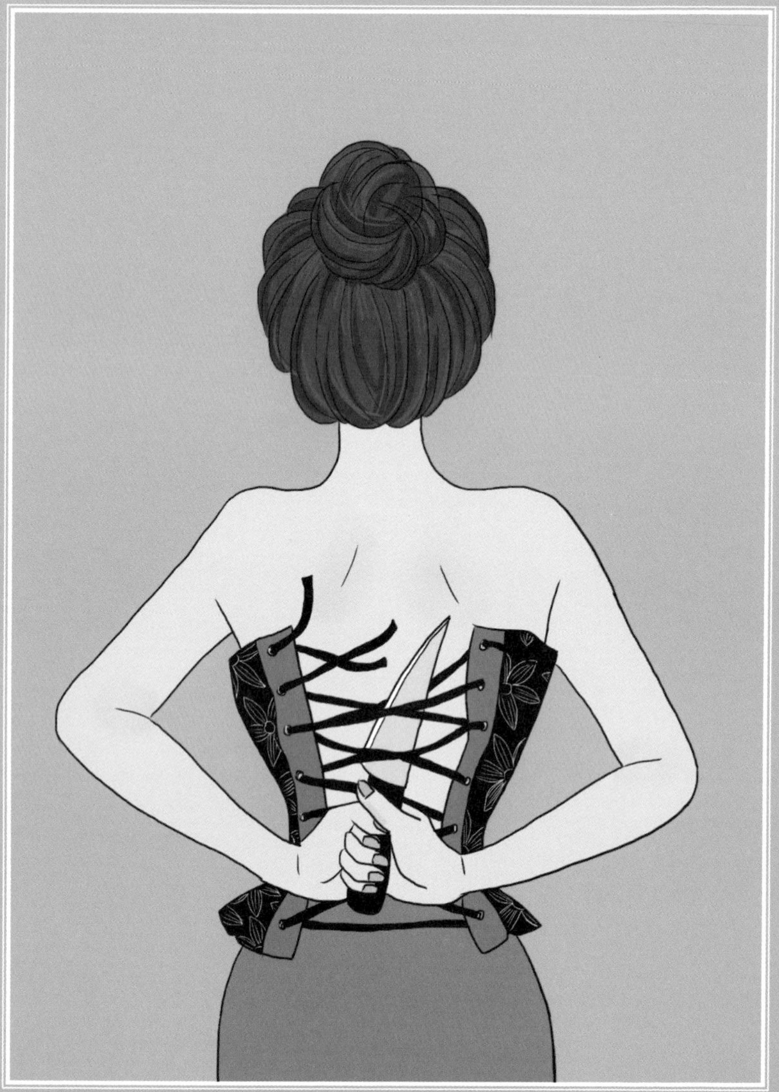

그러던 어느 날,

탈코르셋이라는 걸 접하게 됐어요.

여성에게만 강요되는
외모 꾸밈으로부터
자유로워지자는 움직임!

이미 많은 여성들이

머리를 자르고 화장을 거부하고 있었어요.

그들은 예뻐 보이지 않았지만,

그래서 언뜻 보면 남자 같았지만,

표정은 당당하고 몸짓은 활기찼어요.

화장한 내가 더 예뻤는데,

그래서 내가 더 행복해야 하는데,

이상하게도 그들이 더 행복해 보였어요.

너무나 자유로워 보였어요.

YouTube
1:55 / 3:32
34만
2.3만
공유
나는 예쁘지 않습니다
조회수 6,075,096회

그리고 근본적인 물음과 마주치게 됐어요.

왜, 나는 화장을 취미로 삼았을까?

왜, 화장이 나를 표현하는 방식이 되었을까?

화장은 내 기분을 좋게 했고

화장은 내 구원자 같았는데,

덕분에 자신감이 살아났다고 생각했는데,

만약, 이것이 내가

주체적으로 선택한 게 아니라면?

YouTube
누구나 예뻐 보이고 싶은 건 똑같잖아요
못생긴 네가 잘못했네
나쁜 말 좀 그만하세요
2:03 / 3:32
34만
2.3만
공유
나는 예쁘지 않습니다
조회수 6,075,096회

내 자신을 위해
다이어트를 하고 화장을 한 게 아니라

남들의 시선 때문에
욕을 먹지 않기 위해
다이어트를 하고 화장을 한 거라면?

있는 그대로의 내 얼굴을 부정하기 위해
그토록 애를 써왔다고 생각하니
정신이 바짝 났어요.

YouTube

▶ ▶| 2:06 / 3:32

34만 2.3만 공유

나는 예쁘지 않습니다

조회수 6,075,096회

그래서 지금
화장을 지워보려 합니다.

YouTube
남의 시선이 뭐가 중요해요
미디어 속의 이미지와
나를 비교하지 마세요
2:11 / 3:32
34만
2.3만
공유
나는 예쁘지 않습니다
조회수 6,075,096회

화장을 지우며 나는 생각했어요.

지금까지
너무도 많은 시간을
외모 때문에
스스로를 낮추고
자존감을 갉아먹느라
낭비해왔다고.

YouTube

험한 말을 들어도 당당한 모습이
정말 보기 좋아요

2:21 / 3:32

34만 2.3만 공유

나는 예쁘지 않습니다

조회수 6,075,096회

그리고 깨달았어요.

따돌림 당하기 무섭다고,
혹은 나 빼고 모두가
렌즈를 끼고 틴트를 바른다고 해서
집 앞에 나갈 때조차
화장을 하는 것이
얼마나 나를 힘들게 했는지를.

YouTube

2:27 / 3:32

34만 2.3만 공유

나는 예쁘지 않습니다

조회수 6,075,096회

화장을 지우며 나는 결심했어요.

남들의 시선 때문에
너무 많은 애를 쓰지 않기로.

YouTube
당신은 그 존재 자체가 특별합니다
상처 받지 마세요
2:31 / 3:32
34만
2.3만
공유
나는 예쁘지 않습니다
조회수 6,075,096회

그리고 절대, 절대
외모 때문에 나 스스로를
깎아내리지 말자고.

이제는 좀 더
나를 사랑해주자고.

YouTube
말 되게 편하게 한다. 듣기 좋군
손재주가 좋네
방송 재밌네요
2:34 / 3:32
34만
2.3만
공유
나는 예쁘지 않습니다
조회수 6,075,096회

내게는 꾸미지 않을 자유가 있고
옷을 편하게 입을 자유가 있습니다.

그리고 외모와 상관없이
내 가능성은 무한하고
무엇이든 해낼 수 있습니다.

YouTube
배리나 님의 가치를 알고
좋아해주는 사람이 많아요
행동하는 당신이 누구보다 멋져요
2:37 / 3:32
34만
2.3만
공유
나는 예쁘지 않습니다
조회수 6,075,096회

“

당신은 멋지고
용기 있는 사람이에요!

”

나를 응원해주는
사람들이 있기에 든든하고 힘이 나네요.

그리고 나 또한,
다른 이들의 작은 시도와
용기 있는 실천을
지지하고 응원하려 해요.

YouTube
온전한 자기 자신을 찾으세요
늘 응원하겠습니다
3:32 / 3:32
34만
2.3만
공유
나는 예쁘지 않습니다
조회수 6,075,096회

예쁘지 않아도 괜찮습니다.
아름답지 않아도 괜찮습니다.
뚱뚱해도 괜찮습니다.
어떤 모습이건 다 괜찮습니다.

PART ♦ 2

뷰티 크리에이터 배리나, 화장을 지우다

안 그래도 안 예쁜 내가 탈코르셋까지 하면,
정말 사회적으로 왕따를 당하는 게 아닐까 두려웠다.
그럼에도 탈코르셋을 하겠다는 결심은 변하지 않았다.
외모 평가와 비하는 누구나 겪을 수 있는 나쁜 일이고,
꾸며서 그런 일에서 벗어나야 하는 게 아니라,
애초에 그런 일을 당하지 않아야 하니까!

알고 보니 탈코르셋은
남의 문제가 아니라 내 문제였다.

노예가 노예로 사는 삶에 너무 익숙해지면
놀랍게도 자신의 다리를 묶고 있는 쇠사슬을
서로 자랑하기 시작한다.
어느 쪽의 쇠사슬이 더 빛나는지, 더 무거운지.

그리고 쇠사슬에 묶여 있지 않은 자유인을
비웃기까지 한다.

아미리 바라카

못생기고 뚱뚱한 배리나는
뷰티 유튜버

내 이름은 배은정.
유튜브 닉네임 '배리나'로 더 많이 알려져 있다.
사람들은 나를 '뷰티 크리에이터' 또는 '뷰튜버'라고 부른다.

〈나는 예쁘지 않습니다〉 영상을 올린 후로는
'탈코'를 선언한 페미니스트 유튜버라고 부르기도 한다.

2017년 8월 유튜브에 계정을 만들고
첫 콘텐츠로 메이크업 영상을 올렸다.
이후 2018년 10월까지 올린 메이크업 영상은 열 개.
부지런한 다른 유튜버들에 비해 턱없이 적어

뷰티 크리에이터라기엔 조금 민망하기도 하다.

그럼에도 불구하고
내가 '뷰티 크리에이터' 혹은 '뷰티 유튜버'라고 불리는 이유는
내가 올린 메이크업 영상들이
좋게 말하면 큰 반향과 뜨거운 관심을,
나쁘게 말하면 폭발적 논쟁을 낳았기 때문일 거라 생각한다.

보통,
뷰티 크리에이터 하면 연예인같이 화려한 외모를 떠올린다.
브이라인의 갸름한 턱선, 하얀 피부,
크고 시원한 눈, 오똑한 콧날 등.
몸매 또한 '초마름' 혹은 S라인을 자랑하고,
그렇지 않더라도 최소한 비만은 아니다.
머릿결 역시 찰랑찰랑하거나 완벽히 세팅되어 있다.

그러나 나는 그렇지 못하다.

키는 163cm이고 몸무게는 96kg이다.
덩치도 크고 얼굴도 크고 살도 많다.

이목구비가 살에 파묻혀 있다.
그렇게 파묻힌 이목구비가 예쁜 편도 아니다.
피부는 까맣고 모공은 넓다.
팔과 다리에는 남자들 못지않게 털이 많은
'털부자'이기도 하다.

시쳇말로 나는 '못생기고 뚱뚱한 여자'다.

내가 올린 영상에는 수많은 악성 댓글이 달려 있다.
그들은 내게 말한다.
패버리고 싶게 생겼다고.
보고 있으면 짜증이 난다고.

'못생기고 뚱뚱한 여자'가
세상에서 겪는 일들

예전에는 어쩌다 밖에 나갈 일이 생기면 고민을 거듭했다.
문을 열고 집 밖으로 나가기까지 굉장히 힘들었다.
무슨 고민을 그렇게 하고, 뭐가 그렇게 힘들었냐고?

예쁘지도 않고 뚱뚱한 내가
화장을 하지 않은 채 바깥세상에 나가면
사람들의 차가운 시선이 뒤통수와 가슴팍에 꽂혔다.

"여자 피부가 그게 뭐냐? 비비크림이라도 바르고 다녀라."
"와 생얼 눈테러."
"네 무릎이 불쌍하다."

내가 그들에게 아무런 피해를 주지 않았는데도
그들은 나에게 불친절했고,
나를 혐오했으며,
인신공격도 서슴지 않았다.

상처받기 싫어 화장을 하고 밖에 나가면 어땠냐고?
누군가는 예쁘다고 했고 누군가는 괜찮아졌다고 했지만
어떤 사람들은 오히려 비웃었다.
그게 더 상처가 됐다.

"돼지가 화장도 하네?"
"뚱뚱한 게 무슨 화장이야?"
"눈을 어디 둬야 할지 모르겠네."

어쩌다 지하철을 타게 되면
같은 칸에 탄 사람들 대부분이 나를 쳐다봤다.
힐끗거리는 사람도 있었고,
노골적으로 냉소를 보내는 사람도 있었다.

어떤 여자들은 나를 보며 우월감에 충만한 표정을 지었고,
어떤 남자들은 대놓고 욕을 퍼부었다.

그런 반응들 때문인지
지하철을 타면 숨이 막히고 어지러워
금방이라도 죽을 것 같았다.
누구나 편하게 탈 수 있는 지하철이
내게는 문자 그대로 지옥철이었다.

예쁘지 않은 여자에 대한
세상 사람들의 언어폭력과 시선 폭력은
상상을 초월할 정도다.

그들에게 묻고 싶다.
그들에게 말하고 싶다.
아니 호소하고 싶다.

내가 당신들한테 잘못한 일이 있나요?
당신들 나 때문에 뭐 피해 본 거 있나요?
왜 그런 눈으로 나를 보나요?

왜 나를 혐오하고 경멸하는 건가요?
누가 당신들한테 그런 권리를 줬나요?
당신들이 내게 얼마나 큰 상처와 아픔을 주는지
상상도 못하죠?

이젠 제발 그런 눈으로 나를 보지 마세요.
나에게 그런 식으로 말하지 말아주세요.
나도 당신들과 똑같은 '사람'이에요.

우울하고 자존감 낮았던 나

못생기고 뚱뚱한 여자가 메이크업 영상을 만들어 올렸다.
쏟아지는 온갖 악성 댓글도 쿨하게 대했다!
그러더니 몇 개월 후
외모 꾸밈을 거부하는 '탈코르셋'을 선언하는 영상을 올렸다.

그러자 사람들은 말한다.

- 언니 멋져요!
- 높은 자존감이 부러워요!
- 정말 강한 멘탈의 소유자인 것 같아요

지금의 내게는 맞는 말이다.
그러나 예전의 내게는 틀린 말이다.

유튜브를 시작하기 전 나는 심적으로 무척 힘든 상태였다.
우울증이 심했고 슬픔과 무기력에 빠져들어
아무것도 안 하고 침대에 누워만 있었다.

내가 세상과 소통하는 유일한 방법은
휴대폰을 들여다보는 것이었다.
인스타그램이나 유튜브에서 행복해 보이는 사람들을 구경하며,
'절대 나는 저렇게 될 수 없겠지'라고만 생각하고 살았다.
그런 걸 보고 있노라면,
세상에서 내가 가장 못난 사람 같았다.
나를 좋아하는 사람도 없어 보였다.
나만 불행한 것 같았다.

그 모든 시발점은 바로 내 외모였다.
못난 내게 세상은 너무 차갑고 따가웠다.
스물한 살의 나는 그렇게 시들어가고 있었다.

하지만 내 진짜 속마음은
더 이상 내 삶을 우울증에 낭비하고 싶지 않다는 거였다.
나도 한번, 내 인생을 바꿔보고 싶었다.
무언가 해보고 또 해내고,
세상 속으로 들어가 사람들과 소통하고 싶었다.
유튜브의 시작은 그렇게 절박했다.

그들은 내게 상처를 입힐 수 없다

나는 어릴 때부터 유튜브를 보며 자랐고
대학에서 방송영상학을 전공했다.
내가 유튜브를 하기로 한 건 어쩌면 당연한 일이었다.
내가 좋아하는 걸 자연스레 선택했다고나 할까.

유튜브에 '배리나'라는 이름으로 채널을 만들고
처음 영상을 올리기로 결심했을 때
있는 그대로의 내 이야기를 하고 싶었다.
일상 이야기, 취미, 메이크업, ASMR, 책 등등.
다양한 영상을 찍어 공유하고 사람들과 소통하고 싶었다.

당시 분장 공부를 하고 있었고
화장하는 것도 좋아했기 때문에
첫 콘텐츠로 메이크업 영상을 찍어서 올렸다.
2017년 8월에 올린 '여름 오렌지 메이크업'이 그것이다.

내가 생각해도 서툴기 짝이 없는 영상이었다.
배경은 내 책장이다. 천이라도 걸어둘 걸 그랬다.
편집도 정신이 없다.
손동작을 잘 보여줬어야 했는데 그러질 못했다.
각 화장품 발색도 잘 보여주지 않았다.
메이크업을 하다가 버벅거렸고, 조명도 영…….
하여간 다른 뷰티 유튜버들의 영상과 비교하면
초보 티가 줄줄 났다.

이런 영상을 누가 봐주기나 할까?
올리지 말까 하는 생각도 들었다.
그러나 이왕 만든 것이니 올려보자는 생각이었다.

그 후 분장사 자격증 준비로 바쁜 날들이 계속되면서
다음 영상 제작은커녕 영상 올린 것조차 잊고 지내다가

다섯 달 정도 지났을 때
갑자기 생각이 나서 내 채널에 접속해봤다.

- 돼지 코스프레인가요?
- 세상에 여자가 저 여자 하나라면 난 그냥 혼자 살래
- 야쿠자나 일본 여자 프로레슬러 콘셉트가 잘 어울리실 듯
- 존나 못생겼다
- 극혐

내가 올린 첫 영상에 달린 악성 댓글들이었다.
어지간한 내공의 소유자가 아니라면
마음에 상처 입기 딱 좋은,
그래서 절망하고 좌절하고 비관하게 만들기 딱 좋은
그런 악성 댓글들.

수백 개의 댓글 중 절반 이상은
내 외모를 비하하고 조롱하는 것들이었다.

어떤 글들은 내 외모 평가를 넘어
나라는 사람을 자기들 마음대로

부정적으로 평가하고 판단하고 있었다.
자기 관리를 못해서 뚱뚱한 거다,
이 정도로 살찐 걸 보면 엄청 게으를 거다 등등.

물론 응원하는 댓글도 있었다.
메이크업이 개성 있고,
목소리가 편안하게 들려 좋고,
내 모습을 보고 자신감을 얻었다고.
그러나 이런 댓글은 악성 댓글에 비하면
그야말로 한 줌에 불과했다.

나는 자존감이 낮은 사람이었다.
아니, 더 정확히 말하면
자존감이 땅바닥을 치는 한없이 '못난' 사람이었다.

분장사 자격증 준비로 한창 바빴던 터라
다행히 우울증도 무기력증도 잠깐 뒤로 물러나 있던 참이었다.
그런데 내 외모를 비하하고 조롱하는 악성 댓글 앞에서
나는 다시 무너졌다.
밥을 먹어도 소화가 안 됐고 밤에는 잠자기도 어려웠다.

점점 깊어지는 우울한 감정 속을 헤매던 어느 날.
침대에 무기력하게 누워 있다가
문득, 정말 문득 떠오른 생각.

내가 왜 이 사람들 때문에 우울해하고 있지?

그러자 거짓말처럼 기운이 났다.
나는 수백 개의 댓글들을 다시 천천히 읽어 내려갔다.
그러면서 또 든 생각.

다른 유튜버들의 영상에는 이런 댓글이 안 달리던데.
예쁘지 않으면 메이크업 영상을 올리면 안 되는 거였나?
이게 그렇게 욕먹을 일인가?
언제는 민낯으로 밖에 나가는 건 예의가 아니라면서
못생긴 여자가 화장하는 건 눈 뜨고 봐주기 어려워?
뭐 이런 모순이 있지?

나는 마음을 다시 다잡았다.
그리고 나에게 주문을 걸었다.

이제 나를 깎아내리는 건 그만두자!
뷰티 유튜버라고 해서 꼭 날씬하고 예쁠 필요는 없어.
나도 뷰티 유튜버를 할 수 있다는 걸 보여주자!
나 같은 사람도 얼마든지 잘할 수 있다는 걸 보여주자!

난생처음으로 걸어본 긍정의 주문이었다.

기적이 나에게 찾아오길 바라며 기다릴 수도 있지만
내가 기적이 되어 찾아갈 수도 있다.

닉 부이치치

사람들과 소통하며 생긴 자신감

나는 악성 댓글에 굴하지 않고
메이크업 영상을 꾸준히 찍어 올리기 시작했다.
물론 영상을 올릴 때마다
악성 댓글의 강도는 더 세지고 다양해졌지만,
한편으론 나를 응원하는 이들도 점점 많아졌다.

뚱뚱해서,
얼굴이 하얗지 않아서,
몸에 털이 많아서,
키가 작아서,
사회가 정해놓은 아름다움의 기준에 못 미쳐서

마음에 상처를 입고 끙끙 앓는 이들을 만나게 되었다.
그들은 말했다.

- 배리나 님 덕분에 위로받았어요
- 고맙습니다

정작 고마워할 사람은 오히려 나다.
그들의 말 덕분에 나는 나를 돌아보며
내 마음 깊숙이 자리하고 있던 힘을 발견하게 되었고
나 자신을 사랑하게 되었으니 말이다.

우울증에 내 젊음을 더 이상 낭비하지 않기 위해,
이러다 죽을 수도 있겠다는 절박감을 안고
세상 속으로 나와 사람들과 소통하기 위해 시작한 유튜브.

유튜브 덕분에 나는 자신감을 얻었고
가슴속에서는 자존감이 조금씩 싹트기 시작했다.

나의 선택은 옳았다.

예쁘다는 말에 중독되다

메이크업 영상을 올리는 건 재밌었다.
다양한 화장을 보여주는 것도 재밌었고,
구독자가 늘어가는 것도 재밌었다.
점점 늘어가는 내 실력을 사람들이 알아주니 신이 났다.
하지만 제일 좋았던 건 따로 있었다.

– 와, 진짜 예뻐요!
– 매력적으로 생겼는데 화장도 잘하네
– 화장이 찰떡같이 받으시네요

영상을 올릴 때마다 예쁘다는 말을 듣는 게 제일 좋았다.

그런 댓글을 읽으면서 바닥을 치던 내 자존감은 수직 상승했다.
부모님한테조차 살을 빼라는 말을 듣던 내가
얼굴도 모르는 사람들에게 예쁘다는 말을 들으니
너무 기분이 좋았다.

나도 꾸미면 예뻐지는구나!

나는 예쁘다는 말에 중독되어
화장품에 엄청난 돈을 쏟아붓기 시작했다.
다른 뷰티 유튜버들이 추천하는 제품은 무조건 샀다.
볼살이 빠지면 화장이 더 잘 받겠지 싶어
미친 듯이 다이어트를 했다.

내 구독자들에게 실망스러운 모습을 보일 수는 없지!

'나 같은 사람도 뷰티 유튜버를 할 수 있단 걸 보여주자!'
처음의 이 결심과 달리
나는 점점 틀에 박힌 사람이 되기 위해 달려가고 있었다.

탈코르셋? 그게 뭐지?

2018년 봄.
친한 언니 한 명을 오래간만에 만났다.

언니는 나와 관심사가 같았다.
꾸미는 것을 좋아하고, 메이크업과 화장품에 관심이 많았다.
신상품이 나오면 서로 정보교환도 하고
써보고 좋은 화장품은 서로 권하기도 했다.

그런데 세상에, 그날 난 언니를 못 알아볼 뻔했다.
약속 장소인 카페로 들어오는 언니의 모습은
내가 알던 그 모습이 아니었다.

찰랑찰랑 윤기 넘치던 긴 머리가
획기적인 숏컷으로 변해 있었다.
심지어 투블럭이라니!

여자가 긴 머리를 자르면 보통 이렇게 묻는다.
"너 실연당했어?"
실연은 아니더라도 최소한 무슨 일이 생겼나 궁금해한다.
나 또한 이유가 궁금했다.

언니는 탈코르셋을 실천하고 있다고 했다.

탈코르셋? 그게 뭐지?

화장, 날씬한 몸매, 제모, 긴 머리 등
여성에게만 강요되는 외모 기준을 코르셋이라 하는데,
이제는 여성들이 주체적으로 그런 강요를 벗자는 움직임을
한 마디로 탈코르셋이라 한다는 설명도 해줬다.

그날 나는 언니에게 여성들의 외모강박에 대해 자세히 들었다.

언니는 회사에 출근할 때 화장을 꼭 했다.
가끔 늦잠을 자면 지하철 안에서 피부 화장만이라도 하는데
그것마저 못한 날에는 회사 사람들 눈치를 봐야 했다.

언니뿐 아니라 많은 여자들이 남들의 시선 때문에,
사회가 요구하는 기준을 만족시키기 위해 끊임없이 노력한다.
이것을 코르셋이라고 한다.

하지만 아무리 꾸미고 꾸며도
여자는 절대 '궁극적으로' 아름다워질 수 없다는 게 문제다.

왜냐고?

사회가 요구하는 아름다움의 기준을 만족시키는 건
처음부터 이룰 수 없는 일이니까.

여자들에게 요구되는 외모 기준은 한두 가지가 아니다.
작은 얼굴, 또렷한 이목구비, 날씬한 몸매,
윤기 흐르는 긴 생머리, 하얀 피부,
완벽히 제모해 매끈한 팔다리,

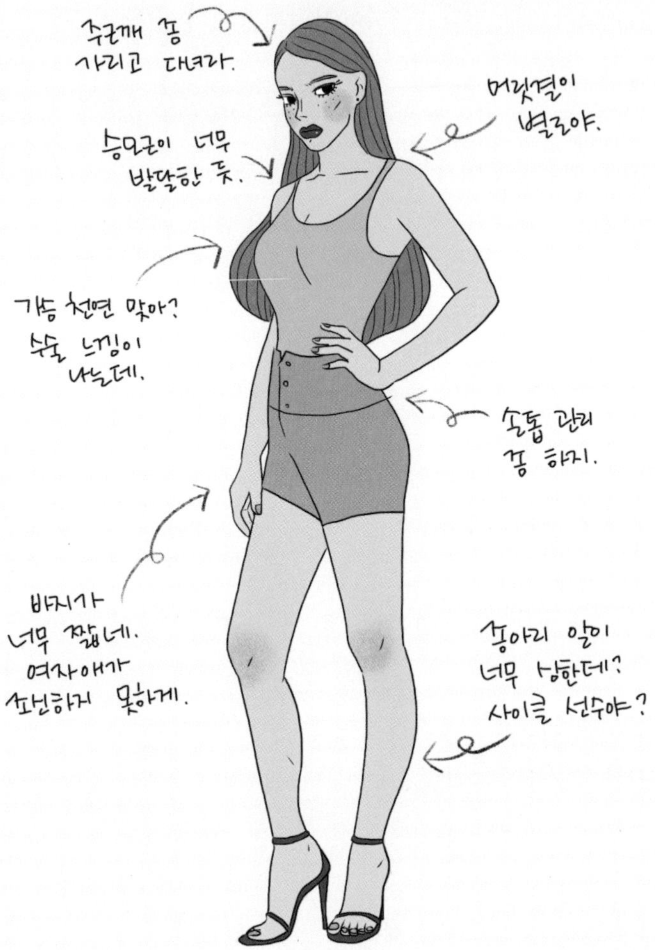

주근깨 좀 가리고 다녀라.
머릿결이 별로야.
승모근이 너무 발달한 듯.
가슴 천연 맞아? 수술 느낌이 나는데.
손톱 관리 좀 하지.
바지가 너무 짧네. 여자애가 조신하지 못하게.
종아리 알이 너무 상한데? 사이클 선수야?

어느 순간 필수가 되어버린 네일·페디큐어…….
셀 수 없이 많고, 점점 분화되어 복잡해진 미의 기준들.

이 모든 조건을 대체 누가 어떻게 만족시킬 수 있을까?
아무리 아름다운 여자 연예인을 갖다놔도
누군가는 그녀의 '단점'을 찾아내기 마련이다.

결국 이룰 수 없는 목표를 추구하느라
여성들은 시간과 돈, 에너지를 낭비하는 셈이다.

언니는 이런 이상적인 아름다움을 거부하기 위해
선언적으로 머리카락을 싹둑 자른 것이라고 했다.

여성에겐 외모 코르셋만 강요되는 게 아니라고도 했다.

도덕적인 코르셋도 우리를 조이고 있다.
여자는 조신해야 하고, 애교를 부려야 하고,
상냥하게 웃어야 하고, 얌전하게 행동해야 한다는 잣대.

여자는 조금만 말을 거칠게 해도 주목을 받는다.

물론 좋은 쪽의 주목은 절대 아니다.

"여자애가 그게 뭐야. 말 좀 예쁘게 해!"

생각해보니 나도 늘 엄마한테 이런 잔소리를 들었다.
여자애가 걷는 게 왜 이러냐,
좀 예쁘게 걸어라,
어휴 여자애가 다리 좀 오므려라 등등.

그날 나는 처음으로
여자들이 얼마나 많은 코르셋으로
스스로를 조이며 살고 있는지 깨달았다.

화장이 나쁜 거라고?

집에 돌아와 언니와 주고받은 대화를 돌이켜봤다.

나는 나만 힘든 줄 알았다.
나만 외모 때문에 자존감 없는 사람으로 살고 있다고 생각했다.
그러나 나만이 아니라 이 사회의 많은 여성들이
일터에서, 학교에서, 조직에서 코르셋을 입고
외모 평가의 대상이 되어 속앓이를 하고 있었다.
탈코르셋에 대해 더 자세히 알고 싶어
각종 인터넷 사이트, 몇몇 SNS에서 탈코르셋을 검색했다.

처음에는 무척 당혹스러웠다.

많은 사람들이 각종 화장품을 부수고, 버리고,
진정한 페미니스트라면 탈코르셋을 하자고 강한 어조로 말했다.
그렇게 하지 않으면 페미니스트가 아니라는 글도 봤다.

반감이 들었다. 기분이 나빴고 화가 나기도 했다.
화장을 좋아하는 내가 비난받는 느낌이 들었다.
남들에게 잘 보이기 위해서 화장하는 게 아니라
자기만족을 위해서 하는 화장도 있지 않나?
자기만족 때문에 꾸미는 여성들을 비하하는 거잖아!
굳이 이렇게 과격하게 이야기해야 하나?

그러나 더 많은 여성들의 글을 읽고 더 많은 이야기를 들으며
내 생각은 조금씩 바뀌어갔다.
언니와 마찬가지로 회사 생활에서 불편함을 겪는 여성들도 많고
학교생활, 일상생활에서도 여성들에게는 코르셋이 채워진다.
여자들을 향한 갖가지 외모 간섭과 외모 평가가 난무하는 것이
냉혹한 현실이다.

"○○씨가 있으니까 분위기가 밝아지네."
"여자는 꽃 같은 존재야."

"얼굴이 창백하네. 어디 아파? 뭐라도 찍어 발라."
"화장은 예의고 필수야. 회사 편하게 다니네?"

꾸미지 않으면 따돌림을 당하고,
남자친구는 꾸미지 않은 여자친구를 부끄러워해서
친한 친구들에게 소개하기를 꺼리고.

내가 다 아는 일들이었지만
이것을 '코르셋'이라는 개념으로 인식하지는 못했다.

이 모든 게 바로 내가 당해온 왕따의 어른 버전이고
화장으로 단점을 커버해서 예뻐지려 몸부림치는
내 현재의 불편한 민낯이었다!

알고 보니 탈코르셋은
남의 문제가 아니라 내 문제였다.

안 꾸미는 여자에 대한 편견

대부분의 여자는 잠깐 밖에 나가더라도
한두 시간에 걸쳐 화장을 하고 꾸민다.
민낯처럼 보이는 자연스러운 화장법도 나왔다.
짧은 머리 스타일을 하면 이상한 취급을 당한다.

〈안녕하세요〉 같은 TV 프로그램에서
'우리 딸이 옷을 남자처럼 입고 다닌다'라는
엄마의 고민거리가 소개되기도 했다.

'여자가 왜 안 꾸미고 다녀? 그건 이상해!'라는 메시지다.

서비스직 여성에겐 더 많은 걸 요구한다.
남성은 말 그대로 단정하게, 더럽지만 않게 꾸미면 되는데
여성은 풀 메이크업에 하이힐을 신어야 하고,
무릎 위 길이의 불편한 치마를 입어야 한다.

탈코르셋은 이런 것들에서 자유로워지고
사회와 미디어에서 말하는 여성성을 없애자는 움직임이다.

'여성은 꾸며야 한다'는 암묵적인 요구,
꾸미지 않는 여자에 대한 비난이 사라지면
모든 여성들이 자기가 하고 싶은 대로 하는,
자유로운 세상이 오겠구나 싶었다.
탈코르셋을 해야겠다는 생각이 들었다.

하지만 솔직히 두려웠다.
안 그래도 안 예쁜 내가 탈코르셋까지 하면,
정말 사회적으로 왕따를 당하는 게 아닐까?
그동안 나는 엄청난 노력을 들여 꾸미고 꾸몄다.
그래서 그나마 예쁘다는 소리를 들었고
비아냥과 경멸, 조롱에서 벗어날 수 있었다.

그 달콤함이 주는 힘은 강력했다.

그럼에도 탈코르셋을 하겠다는 결심은 변하지 않았다.
예쁘지 않은 여자가 겪는 일은 내가 제일 잘 아니까!
꾸며서 그런 일에서 벗어나야 하는 게 아니라,
애초에 그런 일을 당하지 않아야 하니까!
예쁘지 않아도 비난받지 않는 그런 사회를 만들고 싶었다.

여자도 사람이다.
안 꾸며도 되고, 다리털이 많아도 되고,
못생겨도 괜찮고, 아름답지 않아도 괜찮다.

여자애가 왜 그러고 다니는 거야?
꾸미지 않으면 여자가 아니야.
외모는 여자의 경쟁력이야.
다이어트는 안 해?
여자가 풀어져서 다니면 비호감!
자기관리도 안 하는 게 무슨 여자야!

연대와 지지의 <나는 예쁘지 않습니다>

2018년 6월에 〈나는 예쁘지 않습니다〉라는 영상을 올렸다.

영상을 올리기 전까지 정말 많은 고민을 했다.
과연 이걸 올려도 괜찮을까?
평소 앞에 나서는 걸 싫어하는 내가
어쩌자고 이런 영상을 찍었을까?
메이크업 영상을 올리던 사람이
탈코르셋 영상을 찍다니!

특히 탈코르셋을 선언하고 실천하는 사람들이
나를 어떻게 볼지 두려웠다.

지금까지 코르셋 조이는 영상을 올렸으면서
이제 와서 누구 놀리나 하고 생각할 것 같았다.

그럼에도 불구하고 나는 영상을 올리기로 결심했다.

아직은 내 생각이 얕고 부족하지만
탈코르셋이라는 개념이 조금이라도 더 많이 알려지면,
그래서 사람들에게 한 번쯤 생각해볼 계기를 만들 수 있다면
좋을 것 같다는 생각이 들었다.

친한 언니의 숏컷 단행이 내 심장을 떨리게 했던 것처럼
나도 누군가에게 그런 사람이 될 수 있을까?

그때 내 유튜브 구독자가 만 사천 명 정도였다.
그들에게 조금이라도 좋은 영향력을 미치는 사람이 되고 싶었다.

예뻐지기 위한 메이크업 영상을 올렸던 내가
탈코르셋에 대해 진지하게 고민하고 있다는 메시지를
어떻게 하면 효과적으로 전달할 수 있을지
많은 고민을 했다.

모호했던 생각을 구체적으로 정리한 뒤
콘티를 짜고, 영상을 찍었다.
구독자들의 도움을 받아 자막도 넣었다.

이 작업을 하면서 나는
뷰티 메이크업 영상을 찍을 때보다
훨씬 큰 자유와 기쁨을 느꼈다.
그리고 나 자신을 더 많이 사랑하게 됐다.

생애 처음으로 영향력 있는 사람이 되다

내 영상은 모든 온라인 커뮤니티와 SNS에서 화제가 됐다.
반응이 너무나 폭발적이라 당황스러웠다.
조회수는 한 달 만에 이백만을 돌파했고
넉 달이 지난 10월 초에는 사백오십만을 넘겼다.
구독자가 단 며칠 만에 사만 명으로 늘더니
지금은 십삼만 명이 되었다.
만 사천 명도 나한테는 어마어마한 숫자였는데
나로서는 상상도 못해본 숫자였다.
살면서 십삼만 명이 넘는 사람이 나를 봐줄지 누가 알았겠는가.
게다가 온갖 신문에 실리고 공중파 뉴스에까지 나왔다.

그러자 후속 영상을 올릴 수가 없었다.
어떤 영상을 찍어야 할지 모르게 되었기 때문이다.
이 채널을 어떻게 꾸려가야 할지 갈피를 잡지 못했다.
마음 한편에는, 완벽해지고 싶다는 욕심도 있었다.
나를 봐주는 사람들에게 완벽하게 보이고 싶었다.

이게 어리석은 생각이라는 건 얼마 후에 알았다.
사람에게는 누구나 자신만의 결점이 있고
어느 누구도 완벽할 수 없는데
남들의 의견, 남들의 시선에 지나치게 신경을 쓰면서
불가능한 것에 도전했던 것이다.

나는 완벽하지 않은 사람이다.
완벽하지 않아도 괜찮다.

요즘 내가 나에게 가장 많이 해주는 말이다.

당신이 두려워하는 일을 매일 하라.

엘리너 루스벨트

외모 꾸밈은 필수가 아닌 선택

앞으로 나는 화장을 계속 해도 될까?
물론 해도 괜찮다.
그러나 안 해도 괜찮아야 한다.
화장을 하든 안 하든 아무도 간섭하지 않는,
그런 사회를 만드는 게 우선 아닐까?

나를 위해 하는 화장, 내 만족을 위해 하는 화장,
이것들도 탈코르셋이라고 생각하는 사람들이 꽤 많다.
나도 물론 그렇게 생각했었다.
〈나는 예쁘지 않습니다〉 영상을 찍을 때까지만 해도 그랬다.
하지만 지금의 내 생각은 다르다.

메이크업을 하나의 예술이라고 생각하는 사람들도 있다.
그러나 우리 사회의 일반적인 메이크업 방법은
예술이라고 하기 힘들다.
예술이라면 다양한 색과 배리에이션을 써야 하지 않을까?

지금 여성들이 하는 메이크업은 천편일률적이다.
눈을 키우고 잡티를 가리고 속눈썹을 풍성하게 하는,
획일적인 아름다움을 강조하는 메이크업이다.

'여자는 아름다워야 한다'라는 생각을 기반으로 하는 메이크업은
자신의 자존감을 갉아먹고 스스로를 점점 불행하게 만든다.
그런 메이크업은 하지 말아야 한다는 게
지금의 내 생각이다.

내 생각이 이렇게 바뀐 것도 유튜브 때문이다.
〈나는 예쁘지 않습니다〉 영상을 올린 이후
콘셉트 메이크업 영상을 두 번 정도 올렸다.
그러자 어린 친구들의 댓글이 쏟아졌다.

– 화장해본 적 없는데 영상을 보니 화장이 하고 싶어졌어요~
– 더 연습을 해서 배리나 님처럼 화장을 하고 싶어요!

댓글을 보자 무서운 생각이 들었다.
내게 메이크업이 취미고 그걸 하는 게 즐겁다고 하더라도
다른 누군가에겐 코르셋 강요일 수 있다니.
특히 중고등학생들에게 미칠 영향을 생각하니 오싹했다.

그래서 다짐했다.
특정 콘셉트 분장을 제외하고,
예쁘게 보이기 위한 메이크업 영상은
되도록 올리지 않겠다고.

지금 나는 내가 할 수 있는 수준의 탈코르셋을 실천 중이다.
내키지 않으면 화장을 하지 않는다.
일상생활에서 수시로 거울을 보는 습관도 버렸다.
긴 생머리로 정형화한 여성다움을 깨고 싶어 숏컷에 도전했다.
여자에게는 다양한 헤어스타일을 할 권리가 있으니까.

예쁜 몸매를 위해서가 아니라,

건강을 위해 먹는 것을 조절하고 운동을 한다.
덕분에 살이 조금씩 빠지고 있다.

화장품도 거의 사지 않는다.
뷰티 프로그램도 이제 보지 않는다.
다이어트 약도 전부 내다 버렸다.

꾸밈이 필수가 아니라 선택이 되려면
지금 미디어에서 보여주는 완벽한 여성상들과
여성들의 돈을 훔쳐가는 성형 및 뷰티 상품들을
소비하지 않아야 한다고 생각하기 때문이다.

꾸민다는 개념이
용모를 단정하게 한다는 뜻으로
이해되는 그런 날이 올 때까지,
나는 노력하려 한다.

PART ♦ 3

흔한 여자의 평범한 삶

"예쁘고 날씬하지 않으면
친구를 만날 수 없어.
못생긴 네가 왕따를 당하는 건 당연해."

그래서 나도 예뻐지고 싶었다.
다른 친구들처럼.
따돌림당하지 않고
그 속으로 들어가고 싶었다.

여성은 태어나는 것이 아니라
만들어지는 것이다.

시몬 드 보부아르

열 살에 자살을 생각했던 아이

초등학교 3학년 어느 여름날,
학교 수업이 끝나고 집에 돌아가는 길이었다.
같은 반 남자아이가 내 뒤를 졸졸 쫓아오며 내뱉은 말.

"돼지 새끼야, 돼지 새끼야, 자살해!"

처음엔 내가 잘못 들은 줄 알았다.
하지만 그 애는 내 뒤를 계속 쫓아왔고,
"돼지 새끼야, 돼지 새끼야, 자살해!" 하며 나를 괴롭혔다.

신발주머니를 던지며 "그만해!" 하고 소리를 질렀지만,

그 녀석은 씩 웃으며 내 앞을 가로질러 도망쳤다.
내 눈에 그 녀석은 작은 악마였다.
그리고 작은 악마의 나쁜 짓은 그날로 끝나지 않을 것 같았고,
작은 악마를 이길 자신도 없었다.

집에 돌아와서 나는 한참을 울고 또 울었다.
분하고 억울하기도 했지만,
절망과 암담함을 느꼈기 때문이었다.

울다 지친 나는 베란다 창문을 열고
"죽고 싶어! 이렇게 살기 싫어!"라고 울부짖었다.
그러고는 베란다 창틀 위로 발을 올렸다.

하지만 용기는 거기까지였다.
창틀 위에서 내려다본 땅바닥은 너무 멀었다.
떨어지면 무척 아플 것 같았고,
진짜 죽으면 어떡하지 하는 생각이 들었다.

결국 나는 힘없이 창문을 닫았다.

태어날 때부터 뚱뚱한 사람은 없다

자살을 생각하기 1년 전,
나는 통통하긴 했지만 뚱뚱하진 않았다.
친구도 많고 엄청 활발해서
요즘 말로 치면 '파워 인싸'인 아이였다.
내 인생을 바꿔버린 그 사건이 일어나기 전까지는.

초등학교 2학년 어느 봄날이었다.
놀이터 정글짐에서 친구들과 놀다가
갑자기 팔에 힘이 빠지면서 그만 땅바닥에 떨어졌다.

눈앞이 노래지고 하늘이 무너지는 것 같았다.

큰 충격을 받은 나는 초점을 잃어 멍해진 얼굴로
떨어진 모양 그대로 석고상처럼 굳어버렸다.
같이 놀던 친구들도 당황해 어찌할 바를 모르고 있었다.

마침 지나가던 아주머니의 도움으로
놀란 마음과 몸의 통증은 서서히 진정되었다.
친구들의 부축을 받아 집에 돌아온 후,
엄마한테 놀다가 높은 곳에서 떨어졌다고 말했다.

내가 너무 덤덤히 말을 했었던 것인지
엄마는 별로 놀라지 않았다.
그러나 다음 날 아침에 눈을 떠 일어나는 순간
몸이 이상한 게 느껴졌다.

"엄마, 다리가 많이 아파. 느낌이 이상해……."

사태의 심각성을 깨달은 엄마는 동네 병원으로 나를 데려갔다.
그때 엄마는 내 다리가 부러졌거나 인대가 손상됐으면 어쩌나
그것만 걱정했다고 했다.

그런데 검사 결과는 그보다 훨씬 암담했다.
골반 엑스레이 사진에서 이상한 것이 발견된 것이다.
500원짜리보다 조금 더 큰 동그란 모양의 무언가가
내 골반에 붙어 있었다.

의사 선생님은 내 골반에 붙어 있는 동그란 그것이
종양으로 의심이 되고,
사진에서는 커 보이지 않지만 실제로는 큰 종양일 수도 있으니
종합병원에 가보라고 했다.

그로부터 얼마 후 종합병원에서 검사를 받았고,
역시나 그 동그란 것은 종양으로 판명되었다.
마침 수술받을 수 있는 가까운 날짜가 있어서
모든 것이 빠르게 진행되었다.

수술을 앞두고 엄마는 한숨을 쉬고 눈물을 흘리기도 했지만,
아홉 살의 나는 대수롭지 않게 생각했다.
수술이라는 것이 어떤 것인지 제대로 알지 못했으니까.

그러나 수술을 받고 난 후의 시간은 고통 그 자체였다.

골반에 붙어 있던 종양을 제거하는 수술이었기 때문에
수술 후에는 당연히 걷지 못했다.
아니, 앉아 있는 것도 불가능했다.

모든 일상생활을 침대에 누워서 해결해야 했다.
밥도 엄마가 떠먹여줬고,
세수도 엄마가 물수건으로 얼굴을 닦아주는 것으로 대신했다.

여기까지는 그래도 참을 만했다.
가장 힘들었던 것은 침대에 누워 대소변을 보는 일이었다.
어린 아이에게도 수치심이란 게 있다.
아무리 엄마라고 해도 창피해서 눈물이 나올 지경이었다.

그리고 시간이 갈수록 더욱 괴롭고 힘들어지는 게 있었다.
그것은 바로 내 몸속으로 들어오는 약물들.
약의 부작용으로 머리카락이 빠지고,
몸은 풍선처럼 붓기 시작했다.

그렇게 지옥 같은 한 달의 입원 생활 후 드디어 퇴원을 했다.
해방이다!

너무나도 기다리던 퇴원이라 들뜨고 기뻤다.
집으로 돌아가면 전처럼 걷고 뛰어놀 수 있을 줄 알았다.

그러나 그것은 나의 큰 착각이었다.

회복하기까지 시간이 꽤 오래 걸린다는 걸 나는 알지 못했다.
집에 돌아온 후에도 나는 누워서만 지냈고
두 발 대신 두 팔꿈치를 이용해 기어 다녀야 했다.
몇 개월 후 다시 학교에 나갈 수 있게 됐지만
그 때 나는 두 발이 아닌 네 발로 다녔다.
목발이 없으면 걸을 수 없었기 때문이다.

미치도록 놀고 싶었지만,
의사 선생님은 어떤 운동도 놀이도 하지 말라고 했다.
결국 학교 수업 외에 모든 시간을 거의 집에서만,
그것도 침대에서만 생활할 수밖에 없었다.
활달하고 명랑했던 나는 점점 내향적으로 변해갔다.

활동이 절대적으로 제한되다 보니

내 몸에는 예전보다 많은 살이 붙기 시작했고,
몸이 뚱뚱해지자 얼굴도 자연스레 뚱뚱해져,
나는 몸도 얼굴도 예전보다 '예쁘지 않게' 변했다.

내가 뭘 그렇게 잘못했나요

2학년 2학기 중에 갑작스레 이사를 가게 됐다.
새로운 학교로 전학을 갔는데,
그곳에서 만난 새 친구들에게 적응하는 게 너무 힘들었다.
학기 중간에 전학을 간 게 문제였다.
이미 끼리끼리 뭉쳐 있어 그 사이에 파고들기가 무척 어려웠다.

내 짝꿍은 뚱뚱한 나를 보고는 달갑지 않은 표정을 지었다.
짝꿍과 함께 앉아 있는 내내 나는 좌불안석이었다.
눈치도 보이고 심장은 쪼그라들었다.
짝꿍이 뚱한 표정을 짓고 있으면
'내가 뭐 잘못했나?' 하는 생각이 들기도 했다.

그 학교에서 처음 배웠다.
내 몸매와 얼굴이 다른 사람들에게
'불쾌하게' 보일 수 있다는 사실.

뚱뚱한 나는 안 좋은 의미에서 주목을 받았다.
어딜 가나 내 얼굴과 몸매에 대해 수군대는 소리를 들었다.
친구들의 시선 하나하나가 아프고 무서웠다.

급식 시간에는 내가 얼마나 먹는지 지켜보는 시선이 느껴졌다.
그래서 일부러 음식을 남기기도 했다.
혹시나 내가 많이 먹어서 뚱뚱한 거라고 생각할까 봐 겁나서였다.

체육 시간엔 홀로 우두커니 서 있곤 했다.
혹시라도 짝 지어서 해야 하는 운동이 있으면
'아무도 나와 짝을 하고 싶어 하지 않는데' 하는 생각에
그 운동 자체가 싫어졌다.

자리를 바꿀 때면 아무도 나와 짝이 되고 싶어 하지 않았다.
나와 짝이 되면 싫다고 우는 아이까지 있었다.

학년을 올라갈 때는 못된 남자아이들이 나를 둘러싸고
"야 배은정, 너 몇 반이야?" 하고 물어보곤 했다.
자신과 같은 반이면 표정을 일부러 구겼고,
같은 반이 아니면 소리를 지르며 내 앞에서 대놓고 좋아했다.

외롭고 수월하지 않았던 학교생활.
선생님이라도 좋았으면 내게 위로와 격려가 되었을 텐데
하필 전학 가서 처음으로 만난 선생님은 그런 분이 아니었다.
한글 쓰는 순서를 잘 모른다는 이유로
나를 칠판 앞에 세워놓고 글자를 쓰게 했는데,
글자 쓰는 순서를 틀릴 때마다 머리를 주먹으로 쥐어박으며
"이런 거 하나 못 쓰니?" 하며 친구들 앞에서 모욕을 줬다.
이 일 이후로 나는 발표하는 것도 두려워하게 됐다.

못생긴 여자아이가 겪는 일들

초등학교 6학년 때의 일이다.

집에 가고 있는데 남자애들이 뒤에서 수군거리는 게 들렸다.
처음엔 자기들끼리 장난을 치거나 우스갯소리를 하는 줄 알았다.
그런데 계속해서 내 뒤를 따라오니까 수상해서 뒤를 돌아봤다.
그 무리 속에는 2학년 때 나와 같은 반이었던 남자애가 있었다.
나와 눈이 마주친 그 남자애는 잠시 당황하더니,
다시 자기들끼리 키득거리고 웃으면서 나를 앞질러 도망갔다.

기분이 나빠졌지만 영문을 모른 채로 집에 돌아왔다.

가방을 벗어 침대에 던졌는데 뭔가 이상했다.
자세히 살펴보니 침 자국이 있었다.
그 남자애들이 뱉은 침이 분명했다.

그런 일을 당하자 가만히 있을 수 없었다.
나는 2학년 때 같은 반이었던 남자애의 반을 알고 있었다.
다음 날 아침, 그 반 담임 선생님께 이 일을 말씀드렸다.

그날 1교시 쉬는 시간에
그 아이와 같은 반인 내 친구가 찾아와서
기쁜 소식을 전해줬다.
"걔 수업 시간에 엄청 혼났어! 네 가방에 침 뱉었다고."
속이 다 시원했다.

그런데 바로 그다음 쉬는 시간,
그 남자애의 친구들이 나를 찾아와 윽박질렀다.
걔가 뭘 그렇게 잘못했냐면서.
혹시 맞을까 봐 정말 무서웠던 기억이 난다.
이 일 이후로, 부당한 일을 당해도 몸이 쉽게 움직여지지 않았다.

6학년 겨울 방학식이 있던 날의 일이 또 기억에 남는다.
학교 앞에서 아이스크림을 먹으며 친구들을 기다리고 있었다.
그때 나보다 나이가 많아 보이는 남자애들 무리가 다가와서는
나를 둘러싸고 따라다니며 귀찮게 하고 괴롭혔다.

"맛있냐?"
"돼지 아냐?"
"와 존나 못생겼어."
"야 얘가 너 좋대!"

그 후로 난 아이스크림 하나도 밖에서 마음 편하게 먹지 못했다.

이런 일을 밥 먹듯이 겪었다.

그러면 나 자신도 내 외모를 극도로 혐오하게 된다.
지나다니는 사람들의 웃음소리가
나를 비웃는 소리로 들린다.
음식을 먹을 때마다 살찌는 것을 걱정하게 된다.
고작 열세 살짜리가 살이 찔까 봐 저녁을 굶었다!

게다가 언제나 내 편일 것 같았던 부모님도
시간이 갈수록 내 몸매를 마음에 들지 않아 하셨다.
어릴 땐 아팠기도 했고 또 성장 과정이라고도 생각했던 것 같다.
하지만 학년이 올라갈수록
이젠 체중을 좀 조절해야 하지 않겠냐며
은근히 나를 압박하곤 했다.

신체검사의 악몽

초등학교 다닐 때 제일 싫었던 날은,
바로 신체검사를 하는 날이었다.
그날 뚱뚱한 친구들은 공공의 표적이 된다.

신체검사 전날부터 친구들은 수군거렸다.
다들 내 몸무게가 얼마나 나갈지 몹시 궁금해했다.
내가 몸무게를 재기 위해 저울에 올라가면
남자애 여자애 할 것 없이 내 몸무게를 보려고 목을 쭉 빼곤 했다.

친구들이 내 몸무게를 보기 위해 나를 주시하는 눈빛에
감당하기 힘든 수치심과 창피함, 두려움을 느꼈다.

내 몸무게를 훔쳐보는 데 성공한 친구는
다른 친구들에게 내 몸무게가 얼마인지 알려줬고,
그걸 들은 친구들은 내 몸무게를 놀림거리로 삼았다.

"배은정 ○○킬로래!"
"와씨 대박!"

그런 일을 매년 겪으면서
나는 뚱뚱한 게 창피한 거라고 생각하기 시작했다.
놀림거리, 비난의 대상이라는 생각도 했다.

외모 비하를 당하지 않았던 캐나다 생활

6학년 졸업을 앞두고 캐나다로 혼자 유학을 떠났다.
내 의지나 선택은 아니었다.
캐나다가 교육 환경이 좋다는 말을 들은 엄마의 결정이었다.

엄마도 없이 남의 나라에서 사는 게 조금 무서웠지만
가기 싫다고 울지 않았다.
오히려 신이 났던 것 같다.
그 정도로 나의 초등학교 시절은 왕따로 힘들었다.
나중에야 알게 됐지만
엄마도 내가 왕따를 당하고 힘들어하는 게 속상해서
캐나다 유학을 결정하신 거였다.

캐나다는 내게 천국과 같았다.
캐나다에서는 나를 뚱뚱하다고 놀리는 친구가 단 한 명도 없었다.
뚱뚱해도, 예쁘지 않아도,
그들은 전혀 신경 쓰지 않고 나와 어울렸다.

길거리에서도 내게 아무도 경멸 어린 시선을 보내지 않았다.
아이스크림이 아니라, 식사를 바깥에서 해도
아무도 날 째려보거나 비웃지 않는 게
너무 신기하고 자유롭고 좋았다.

그 누구도 내게
"너 때문에 내 눈이 썩을 것 같아."라고 말하지 않아
살 것 같았다.

그런 시간을 보내며, 내 무너졌던 자존감이 회복되기 시작했다!
예전처럼 긍정적이고 활발한 성격으로 돌아갔다.
방 안에 혼자 틀어박혔던 내가 밖에 나가는 걸 좋아하게 됐다.
숲에서 자전거를 타고, 나무에 오르고, 격렬한 운동을 즐겼다.
한국에서보다 음식을 더 많이 먹었지만

오히려 살은 점점 빠지기 시작했다.

체육시간에 나와 짝을 하고 싶어 하는 친구들을 볼 때
얼굴이 상기되고 심장이 뛰었다.
기분 좋은 두근거림이었다.
그럴 때면 체육시간뿐만 아니라 학교생활 전반에서
나를 밀어내고 따돌렸던 한국 친구들이 종종 떠올랐다.

물론 캐나다에도 여자들에게만 강요되는 코르셋은 있었다.
화장을 하는 친구들도 있었다.
홈스테이를 했던 집의 내 또래 친구는
매일 아침 곱슬머리를 스트레이터로 펴는 데 30분 넘게 투자했다.
나 역시 그 친구가 권하는 립글로스를 사기도 했다.

그러나 분명히 말할 수 있다.
캐나다에서는 다양성과 타인의 개성을 존중한다.
외모 평가와 압박이 우리나라보다 훨씬 덜하다.
홈스테이 부모님도, 내게 화장품을 권했던 친구도, 그 누구도
"너는 못생겼으니까 꾸며야 해."라고 강요하지 않았다.

무례함과 오지랖, 그 기막힌 콜라보레이션

열다섯 살 겨울, 꿈 같던 캐나다 생활이 끝났다.
부모님 사업이 어려워지는 바람에 다시 한국으로 돌아온 것이다.

한국에 도착했을 때,
나는 어렸을 때의 활발했던 나로 돌아가 있었다.
격렬한 운동을 많이 즐긴 덕에 살도 조금 빠져 있었다.
하지만 안타깝게도 부모님은 내 성격보다 몸매에 주목했다.
살이 많이 빠져서 보기 좋고 예쁘지만
그래도 더 빼면 좋을 것 같다는 말씀을 자주 하셨다.

나와 한국 사이의 시간 2년.

조금은 변했을 거라 생각했다.
아니, 변해 있기를 바랐다.

그러나 한국은 변한 게 없었다.

사람들은 나를 보자마자 머리부터 발끝까지 훑어봤고,
외모만으로 나를 판단하고 평가했다.
'평균적 외모'에 못 미친다는 이유로 나는 또다시 비난받았다.
길거리에서 초면인 사람이 내게 다가와
"살 좀 빼!"라고 말하고 갔을 때는
어안이 벙벙한 걸 넘어 그 상황 자체를 믿을 수가 없었다.

이런 일을 수없이 겪으며
캐나다에서의 활발했던 아이는 사라지고
다시 소심하고 내성적인 아이가 나타났다.

예뻐지고 싶어, 친구 사귀고 싶어, 인기 많아지고 싶어

캐나다에서 학교를 다니다 왔지만 학제가 인정되지 않아
우리나라 중학교 3학년으로 바로 들어갈 수 없고
1학년부터 시작해야 한다고 해서
검정고시로 중학교 과정을 마치기로 했다.
그리고 열여섯 살에 남들보다 1년 일찍 여고에 입학하게 됐다.
대놓고 못살게 구는 남자애들은 없으니 다행이라 생각했다.
하지만 고등학교 생활도 순탄치는 않았다.

캐나다와 너무 다른 한국식 수업에 적응하기 힘들기도 했지만,
더 큰 문제는 또다시 친구들과 어울리기 힘들었다는 거다.
소수의 몇몇 친구들을 사귀긴 했지만,

반에서 주도적으로 나서서 무언가를 하거나
자연스럽게 친구들 사이에 섞일 수가 없었다.

한 살 많은 언니들에게 적응하기 힘들어서?
물론 그 이유도 있다.
하지만 근본적인 문제는 따로 있었다.

또 외모 때문이었다.

여고에 입학하고 알게 된 사실 하나.
열 명 중 거진 일곱 명은 화장을 하고 다닌다는 것.

반 친구들의 화장 패턴은 이렇다.
등교할 때는 선생님에게 걸리지 않도록
선크림 정도만 바른다.
어렸을 때는 다들 백탁이 있는 선크림을 선호했다.
그래야 피부가 하얗게 되니까.

그리고 수업이 끝나면 교실은 미용실이 된다.
안경을 벗고 렌즈를 끼고 세팅기로 머리를 하고

파운데이션을 펴 바르고 파우더를 두드리고
아이섀도, 하이라이터 등 각종 화장품을 책상에 쭉 깔고
색조 화장을 화려하게 한다.

그리고 화장을 예쁘게 한 친구들만 모아 반팅을 갔다.
당연히 나는 제외되었다.
못생기고 뚱뚱한 나를 그런 자리에 끼워줄 리 없었다.

그들은 내게 이렇게 말하는 듯했다.

예쁘고 날씬하지 않으면
친구를 만날 수 없어.
못생긴 네가 왕따를 당하는 건 당연해.

나도 예뻐지고 싶었다.
다른 친구들처럼.
그래서 따돌림당하지 않고
그 속으로 들어가고 싶었다.

유튜브가 나를 구원하리니

예뻐지지 않으면 한국에서 살 수 없을 것 같아
나도 화장을 시작했다.
용돈을 털어 하나둘 화장품을 사 모았다.
이때 내 화장 선생님이었던 유튜브를 이야기하지 않을 수 없다.

한국에서 유튜브가 이처럼 커지기 전부터 나는
캐나다에서 코스튬 플레이를 하는 유튜버들의 영상을 보면서
분장 분야에 관심을 가지기 시작했다.
붓질 하나에 사람이 좀비나 뱀파이어가 되는 게
너무 신기하고 재밌었다!
그때만 해도 예뻐지기 위한 뷰티 메이크업에는 관심이 없었다.

그러다가 한국에 들어온 뒤,
나는 뷰티 메이크업에 완전히 매료되었다.

그때는 한국인 뷰티 유튜버들이 많지 않아서
주로 외국인 유튜버들의 영상을 봤다.
연예인만큼 예쁜 얼굴의 유튜버들은
얼굴의 장점을 부각시키고 단점은 가려주는
마법 같은 화장법을 자신의 얼굴에 시연하며
친절하고 자세하게 알려줬다.

나는 화장에 빠지기 시작했다.
공부를 해야 할 시간에 겉모습에 더 신경을 썼다.
걸어 다니면서 책을 볼 정도로 손에서 책을 놓지 않았던 내가
책 대신 화장품을 손에 쥐었고
먹고 자는 시간 외에는 뷰티 유튜버들의 영상을 봤다.
내 얼굴에 여러 가지 화장을 시연해보는 한편,
엄마를 졸라 유튜버들이 추천하는 고가의 화장품을
하나둘씩 모으기 시작했다.

곧 나는 남들에게 화장을 가르쳐줄 정도로 잘하게 됐다.
화장을 잘 못하는 친구들에게 화장을 해주기도 했다.
이런 경험이 방송영상학과에 진학하고 분장사 자격증을 따고,
또 내 유튜브 채널을 시작하는 데 밑거름이 됐던 것 같다.

유튜브는 재밌기도 했지만 내게 박탈감을 주기도 했다.
세상에 예쁜 여자는 너무 많고,
화장 잘하는 여자도 너무 많고,
옷 잘 입는 여자도 너무 많고,
그 여자들은 하나같이 다 당당하고 행복해 보였기 때문이다.

내가 불행한 건 못생겼기 때문이고
그들이 행복한 건 예쁘기 때문이니,
그들이 시키는 대로 화장하고 꾸미면
그들처럼 예쁘고 당당하고 행복해질 수 있을 것 같았다.

여자도 사람이외다!

나혜석

화장을 하니 행복해졌다, 아주 가끔

처음으로 한 '풀 메이크업'의 느낌을 잊을 수 없다.
마냥 신기하고 행복했다.
신세계가 열린 것처럼 황홀했다.

파운데이션을 바르니 여드름과 넓은 모공, 잡티가 가려졌다!
아이라인을 그리니 눈이 커졌고,
틴트를 바르니 입술에 생기가 더해졌고,
섀딩을 하니 얼굴이 갸름하고 작아 보였다!

내 얼굴이 이전보다 나아 보이니
행복해졌다.

조금만 꾸며도 다른 대우를 받았다.
“예뻐졌다~!”라는 말을 듣는 게 그렇게 좋을 수가 없었다.
“너도 꾸밀 줄 아네?”라는 말도 좋았다.
길거리에서 대놓고 경멸 어린 시선을 받는 일도 줄어들었다.
“네깟 게 꾸며봤자지!”라는 말이 상처가 되기도 했지만,
그래도 이제야 좀 사람 대우를 받는 기분이었다.
그래서 화장에 집착하기 시작했던 것 같다.

유튜브의 ‘생얼 메이크업’ ‘데이트 메이크업’ ‘퀵 메이크업’
‘남자친구가 갑자기 집에 찾아왔을 때 하는 메이크업’ 등
거의 모든 상황에 대처하는 메이크업 영상을 보며
얼굴을 캔버스 삼아 하나하나 따라 했다.
그러면서 이런 생각을 했던 것 같다.

여자는 24시간 예쁜 얼굴을 유지해야 하는구나!
화장하지 않은 얼굴도 예뻐야 하는구나!
못생긴 얼굴은 부끄러운 거구나!
어디 나갈 때는 화장을 하고 나가는 게 예의구나!

유튜브뿐만이 아니다.
커뮤니티와 블로그에 떠도는 훈녀생정,
즉 '훈훈한 여자의 생활정보'를 열심히 읽으며
흔녀에서 훈녀로 거듭날 수 있도록 노력했다.

친구들에게 화장하라고 권하거나
직접 친구들 얼굴에 화장도 해주기도 했다.

"너도 화장하면 예뻐질 거야."
"어차피 대학교 가면 화장해야 하니까 미리 배워둬."
"야, 요즘은 화장이 예의잖아."

집 앞에 있는 영화관에 갈 때조차도 '풀 메이크업'을 했다.
중요한 약속이 있는 날에는 화장하는 데 두 시간을 썼다.
밥 먹는 시간, 잠자는 시간을 줄여가며 등교 전에 화장을 했다.
밖에 나가서는 화장이 지워질까 봐 신경 쓰여
수정 화장 도구를 주렁주렁 들고 다녔다.
여름에는 밖에 나가는 걸 꺼렸다.
땀이 나서 화장이 지워지는 게 싫어서였다.

그러나 화장을 지우고 거울 앞에 서면
거울 속에 원래의 '못난' 내 얼굴이 드러났다.

화장 솜씨가 좋아져서 화장 전후의 차이가 커질수록
자괴감 역시 깊어갔다.
있는 그대로의 내 얼굴이 점점 싫어진 것이다.
'왜 나는 생얼이 예쁘지 않을까' 하고 자학했고
이렇게 낳아주신 부모님을 원망하기까지 했다.
골반에 종양이 생겼던 것,
행복했던 캐나다에서 돌아오게 만든 것,
모두 부모님 탓이었다.

화장을 하면 행복해야 하는데,
화장을 하면 할수록 나는 괴로워졌다.

뚱뚱하면 집에 처박혀 있지,
뭐하러 기어 나와!

내가 다이어트를 처음 시작한 건 고작 열두 살 때였다.
뚱뚱하다는 이유로 반 친구들이 같이 놀아주지 않으니까
따돌림을 당하지 않기 위해서였다.
물론 계획을 세워서 다이어트를 한 건 아니었고
급식을 남기거나 저녁밥을 안 먹거나
간식을 먹고 싶어도 참는 정도였다.

본격적으로 다이어트를 시작한 건
캐나다에서 돌아온 직후부터였다.
남들의 차가운 시선에서 살아남기 위해서였다.

1일 1식, 원푸드, 간헐적 단식, 디톡스…….
다이어트 스무디를 직접 만들어보기도 했고
다이어트 셰이크를 잔뜩 사서 그것만 먹기도 했다.
한약의 힘을 빌린 적도 있다.
말 그대로 안 해본 다이어트가 없었다.

그리고 식이장애가 생겼다.
남들 앞에서는 안 먹다가 몰래 먹고,
하루 종일 굶다가 새벽에 폭식하고,
방금 먹은 걸 일부러 토하기도 했다.
식습관이 완전히 망가졌으니 요요는 어쩌면 당연한 결과였다.
몸무게가 20킬로그램 정도는 가볍게 오갔다.
20킬로그램 뺐다가 한 달 만에 30킬로그램이 찌는 식이었다.
요요를 겪으면 죄책감 때문에 굶고 또 폭식했다.

헬스클럽 회원권을 끊어 운동을 하기도 했다.
남들 시선 때문에 살을 빼려고 했는데
헬스클럽에 가면 그 시선 때문에 괴로웠던 아이러니.
사람들은 곁눈질로 나를 쳐다보고 낄낄거렸다.

저 정도면
안 꾸미는 것도
범죄야.
진짜
못생겼다.
와ㅡ
진짜 뚱뚱해.

어느 날엔가는 러닝 머신에서 뛰고 있는데
50대로 보이는 아저씨가 지나가면서 말했다.
"뚱뚱하면 그냥 집에 처박혀 있지, 뭐하러 기어 나와!
그때의 충격을 아직도 잊을 수가 없다.
살 빼라고 해서 운동하러 갔더니, 집에 처박혀 있으라고?
그 후로 나는 꽤 오랫동안 헬스장에 발길을 끊었다.

사실 헬스클럽에서 운동을 열심히 하지도 못했다.
근력 운동을 너무 많이 하면 울퉁불퉁한 근육이 생겨
몸매가 '안 예쁘게' 잡히기 때문이었다.
무조건 적게 먹고, 유산소 위주로 하라고 했다.
그때 내가 본 블로그와 커뮤니티의 글들이 그렇게 말했다.

이렇게 다이어트와 몸매에 집착할 때는
예뻐지고 여성스러워지는 것이 내 인생의 목표였다.

내 몸매는 내 꿈도 가로막았다.
배우의 꿈을 처음 가지게 된 건 캐나다에서였다.
학교에서 연극을 발표했는데 친구들과 선생님이 입을 모아
"너 진짜 연기 잘한다!"라고 칭찬 세례를 퍼부었던 것이다.

그때 내가 연기에 소질이 있다는 걸 깨달았고
연기에 흥미를 느끼기 시작했다.
그리고 머지않아 배우를 꿈꾸게 되었다.
다양한 사람들과 다양한 삶을 연기하는 배우라는 직업이
너무나도 매력적으로 보였다.

열아홉 살 어느 봄날,
없는 용기를 쥐어짜내 처음으로 오디션에 지원했다.
그리고 나는 수많은 오디션에서 소위 물을 먹게 된다.
사람들은 내 연기보다는 몸매와 얼굴을 지적했고
그렇게 떨어지고 온 날에는 자괴감에 사로잡히곤 했다.

스무 살 때는 좋아하는 사람이 생겼다.
그 사람에게 고백하고 싶었다.
하지만 못생기고 뚱뚱한 내가 고백을 했을 때
나를 거절하는 걸 넘어 나를 싫어하게 될까 봐 두려웠다.
그러자 뚱뚱한 내 자신이 더 혐오스러워졌다.

그렇게 받은 스트레스 때문에 또 몇 달 간 폭식증에 시달렸다.
손가락으로 목구멍을 찔러 억지로 토하고,

다시 스트레스 때문에 폭식을 하고,
또 토하기를 반복했다.
내 몸이 망가져가고 있다는 생각이 들었지만
42킬로그램까지 빼고 싶다는 마음이 훨씬 더 컸다.

이렇게 다이어트에만 몰두하다 보면
뭐랄까, 정신이 피폐해지는 느낌이 온다.

내가 왜 이런 다이어트를 하고 있지?
예뻐지고 날씬해지려고 이렇게까지?
이게 정말 날 위한 건가?

강남역 살인사건과
화장, 다이어트의 연결고리

외모 때문에 한창 우울증과 무기력증에 빠져 있던 2016년 여름,
강남역 근처 빌딩 화장실에서 살인사건이 일어났다.
여성 혐오에 빠진 한 남자가
화장실에 들어간 여자를 쫓아 들어가 무자비하게 죽인,
입에도 담기 힘든 범죄.

그전까지 나는 여성 문제에 관심이 없었다.
사실 여성 문제는 내 문제가 아니라고 생각했다.
물론 여자라는 이유로 남자보다 더 낮은 임금을 받는 문제,
연인 사이의 폭력이나 가정 내에서의 성차별 같은 문제가
여기저기 도사리고 있다는 것은 분명히 알고 있었다.

하지만 그건 '여성을 혐오하는 것'이 문제가 아니라
여성을 혐오하는 '몇몇 남자'들이 잘못된 거라고 생각했다.

그러나 '강남역 살인사건'은 달랐다.
모든 여자가 언제든 당할 수 있는 일이라고 생각하니
등골이 오싹했고 머리가 쭈뼛 솟았다.

그때부터 페미니즘에 조금씩 관심을 가지기 시작했다.

책과 뉴스를 찾아 읽으며 페미니즘을 공부했고,
SNS 등을 들여다보며 여성 혐오에 대한 이야기를 찾아 읽었다.
그런 이야기들을 읽으면서 많은 공감과 위로를 받았다.
나 자신을 '페미니스트'라고 인식하기 시작한 것도 이때부터다.

하지만 여전히 내 최대 관심사는 외모와 다이어트였다.
내가 겪고 있는 외모 문제와 페미니즘이
어떠한 관계가 있다고는 생각조차 하지 못했다.

오직 여성에게만 아름다움이 강요된다는 사실.
아름답지 않을 권리가 여성 모두에게 있다는 것.

여성의 권리를 되찾기 위해서는
사회가 요구하는 아름다움을 벗어 던져야 한다는 것.

페미니즘에 조금 더 깊이 관심을 가져서
이런 사실들을 조금만 더 일찍 알았어도
내 삶이 그만큼 더 편해졌을 거라 생각하니 많이 아쉽다.

하지만 책과 SNS에서 눈을 들어 바깥으로 나가면
온라인 속 세상과는 전혀 다른 세상이 펼쳐졌다.

여자 친구들은 꾸미지 않은 아이들을 무리에 끼워주지 않았고,
남자 친구들은 못생긴 아이들을 대놓고 혐오했다.
모든 미디어가 여자는 예뻐야 한다고 말했다.
심지어는 부모님마저 체중 좀 관리하라고 잔소리를 했다.
나뿐만 아니라 대부분의 사람들이 이런 처지가 아닐까 싶다.

이런 상황에서는 페미니즘과 탈코르셋 생각 자체가 힘들다.
혹시 생각은 해도 실제로 행동에 옮기는 건 힘든 일이다.
당시의 내성적이고 자존감도 낮았던 나로서는
더더욱 힘들지 않았을까?

하지만 강남역 살인사건은 내게 페미니즘을 알게 해줬다.
그 이후로 미투 운동, 디지털 성범죄 등등을 접하면서
나는 성차별과 여성 혐오에 대해 생각하기 시작했다.

왜 남자들은 편하게 다녀도 아무도 뭐라 하지 않아?
왜 다들 아무렇지 않게 여자들 외모를 비하하지?
'안 예쁘면 성추행도 안 당한다'라는 말을
어떻게 그렇게 아무렇지 않게 할 수가 있지?
왜 여자만 힘들고, 여자만 숨 막히고, 여자만 아파야 해?

이런 부조리를 보고 듣고 공부하면서,
내 마음속에서는 나도 모르게
'탈코르셋'의 토대가 서서히 자라기 시작했다.

PART ✦ 4

코르셋을 벗어던지고 페미니스트가 되다

탈코르셋을 오해하지 말아줘.
탈코르셋은 단순히 머리카락을 자르고,
화장하지 말자고 주장하는 게 아니야.
그건 하나의 수단일 뿐이야.
그냥 우리를 옥죄는 코르셋을 벗고
자연스럽게 숨 쉬자는 거야.
여성에게 강요되는 꾸밈 노동을 자각하고,
세상에 오직 단 하나뿐인 있는 그대로의 나를
보여주자는 거야.

나는 그저 다른 무엇이 아닌
자기 자신이 되는 것이
훨씬 중요한 일이라고
간단하게, 그리고 평범하게
중얼거릴 뿐입니다.

버지니아 울프

모든 여성은 아름답다는 말의 폭력성

나는 누구나 노력하면 예뻐질 수 있다고 믿었다.
그래서 "난 왜 안 예쁠까?" 하며 우울해하는 친구들에게도
"아니야, 너 완전 예뻐. 제대로 꾸며봐! 진짜 장난 없을걸?"
이렇게 말하곤 했다.

난 정말,
아름다워질 수 없는 여성은 없다고 생각했다.

TV 리얼리티 쇼에 나와 울먹울먹 사연을 쏟아내던 그녀들이
몇 주 뒤 정말로 다시 태어난 듯 '싹' 바뀐 모습을 뽐내며
세상 행복해하는 장면을 몇 시즌에 걸쳐 봤으니까.

못생기고 뚱뚱해도 노력하면 얼마든 아름다워질 수 있다는 말을
반복 학습하듯 수없이 들어왔으니까.
그러니 아름다워지기 위해 노력하지 않는 건
'여자로서' 말도 안 되는 일이라고 생각했다.

그런데…… 왜일까?

예쁘고 싶고,
예뻐야 하고!
왜? 왜 그래야 하는데?

답은 명확했다.

여자니까.

그것은 강요였다.
여자는 여자다워야 하고
때문에 아름다워야만 한다는
일종의 폭력이었다.

"모든 여자는 아름답다."
이 말이 얼마나 많은 여성들을 고통스럽게 했는지.

물론 나는 아름다워지기 위해 노력하는 여성을 응원한다.
쉽사리 비난하고 싶지 않다.
그것이 자기 자신을 위한 것이라면 얼마든지.
그러나 누군가로부터 인정받기 위한 것이라면
그건 정말 '노력 낭비'라고 꼬집어주고 싶다.
왜 타인을 위해 내 에너지를 쏟는 거냐고 되묻고 싶다.

사람은 늘 아름다울 수 없고 사실 그럴 필요도 없다.
아름다운 여성은 있을 수 있지만 모두가 아름다울 순 없다.
우리는 공장에서 만들어내는 공산품이 아니기 때문이다.
여성들에게 틀에 박힌 미의 잣대를 들이대는 건 폭력이다.

아름답지 않아도 괜찮다.
대신, 나는 서로를 있는 그대로 봐주자고 이야기하고 싶다.
개성 뿜뿜의 하나하나를!

네가 남자냐?

탈코르셋을 한다고 했을 때 가장 많이 들은 말.

"네가 남자냐?"

친구가 그랬다.
다같이 후줄근하게 다니자는 거냐고.
관리 안 하면 바로 티가 난다고.
지금보다 못생겨지고, 더 뚱뚱해질 거라고.

숏컷 헤어에 노 메이크업.
브래지어도 내던져버린 지 오래.

옷은 편하기는 하지만 펑퍼짐하기 짝이 없다.

두렵지 않느냐고 했다.
탈코르셋 하면 그게 남자랑 다를 게 뭐냐고.
여자로서의 매력이 싹 사라지는 거라고.
그런 거 너무 별로라고.

그런 반응에 숨이 막혔다.
코르셋을 입고 있는 것처럼.

대체 여성스럽다는 건 뭐고, 남자답다는 건 뭘까?
그런 기준은 누가, 언제, 왜, 어떻게 정한 걸까?

우리 사회는 마르고 연약하지 않으면 여자답지 않다고 말한다.
여성 운동선수들에게 '남자 같다'라는 이야기를 너무 쉽게 한다.
숏컷 헤어를 한 여성의 성 정체성을 의심하기도 한다.

외모 때문에 스트레스를 받은 나머지 거식증에 걸리거나
심각한 우울감에 빠져 죽음을 선택하는 사람들이
점점 늘고 있다는 뉴스는 이제

그리 새롭지도, 충격적이지도 않다.
아픔에 너무도 익숙해진 우리들.

그런데 우리, 왜 아파야 해?
나는 아프지 말자고 말하고 싶은 거다.
편하게 숨 쉬자고 말하고 싶은 거다.

외모로 여성스럽네, 남자답네 따지지 말고,
한 사람 한 사람을 그 자체로 존중하고
존중받자고 말하고 싶은 거다.

탈코르셋을 하면 남자처럼 되는 것이 아니다.
후줄근하게, 거지처럼 하고 다니자는 것도 아니다.
인간적인 인간으로 성장하자는 것이다!

탈코르셋 하고 부자 될 각

내가 지금까지 화장하느라 쓴 시간을 계산해봤다.
하루에 두 시간씩 월요일에서 금요일까지 주 5회,
일주일에 열 시간 꼴이니까 1년이면…….

내가 지금까지 화장품을 사는 데 쓴 돈을 계산해봤다.
많이 살 때는 월 50만 원, 적게 살 때도 20만 원은 기본.
월 평균 30만 원쯤 잡고, 1년이면…….

그럼 내가 지금까지 화장하면서 쏟은 정신적 에너지는?
이건 수치로 따질 수 없는 거긴 하지만
내 뇌 구조를 그려보면 얼굴, 몸매, 다이어트, 화장……

이런 것들로 빼곡했을 게 분명하다.

파운데이션 잘 먹었나?
아이라인 짝짝이 아니야?
입술 색이 별론 거 같은데.
앞머리 뽕이 죽어버렸네.
아무래도 블러셔가 좀 과했어!
뱃살 숨기는 옷 없나?
네일은 왜 까지고 난리!
아, 오늘 폭식했어. 내일 굶어야지.

일주일에 열 시간이면
영화 세 편 보고도 남을 시간이고
서울에서 부산까지 왕복하고도 남을 시간이다.
봉사활동으론 몇 점이더라?

월 30만 원씩 1년 동안 모으면 360만 원.
헐, 한 학기 대학 등록금이네.

내가 돈 쓰고 시간 버려 얻은 게 뭐지?

계산기 앞에서 멍해졌다.

일주일에 열 시간, 계속 화장을 할 것인가?
1년에 360만 원, 계속 화장품을 살 것인가?

아 · 깝 · 다!

아까워 죽겠다!
미쳤네, 미쳤어!
내 돈, 내 시간!

탈코르셋 하고 만수르 될 각!

부끄러운 나의 한 달 영수증

외모에 미쳐 있었던 시기에는
외모에 얼마를 써도 아깝지가 않았다.
화장품 사고, 운동하고, 약 먹고……
한 달에 400만 원 쓰는 거 금방이더라.

2017년 ○○월 외모 꾸밈에 들인 돈	
내역	비용
화장품 구입: 컨실러	20,000
화장품 구입: 립스틱 2개	80,000
화장품 구입: 파운데이션	69,000
화장품 구입: 싱글 아이섀도 3개	12,500
화장품 구입: 아이브로우	7,500
화장품 구입: 마스카라 2개	32,000
화장품 구입: 블러셔	35,000
화장품 구입: 아이섀도 팔레트	70,000
화장품 구입: 틴트	45,000
화장품 구입: 섀딩	18,000
세팅펌	250,000
다이어트 한약 3개월치	450,000
퍼스널 트레이닝 50회	3,000,000
계	**4,089,000**

당신의 한 달 영수증

지난 한 달을 돌이켜보자.
그리고 외모를 꾸미는 데 들였던 돈을 한번 적어보자.
쓰다 보면 뒤통수가 얼얼한 느낌이 들지도.

난 너에게 탈코르셋을 강요하지 않아

오랜만에 만난 너와 나.
화장 안 한 얼굴, 숏컷 스타일을 하고 나타난 나를 보고
너는 불편하다고 했어.
이런 내 모습 자체가
너에게 탈코르셋을 강요하는 것 같다고도 했어.

너에게 탈코르셋을 강요할 마음은 조금도 없어.
그냥, 권유하는 것뿐이야.
내 권유를 받을지 뿌리칠지는 너의 결정 아닐까?

'강요'라는 말이 나온 김에 한 가지 물어볼게.

꾸미는 것에 대한 강요와
안 꾸미는 것에 대한 강요,
둘 중 어떤 게
진짜 강요일까?

전자는 강요고, 후자는 선택이야.
내가 찾은 답은 그래.

몰랐었어.
내가 그동안 얼마나 많이 '외모 가꾸기'를 강요받아왔는지.
나는 공장에서 찍어내는 인형이 아닌데
남들이 예쁘다고 하는 틀에 나를 욱여넣도록
강요당해왔던 거야.

따돌림을 당하지 않으려고, 외톨이가 되지 않으려고.
여자는 여성스러워야 한다는 압박 때문에.

탈코르셋을 오해하지 말아줘.
탈코르셋은 단순히 머리카락을 자르고,

화장하지 말자고 주장하는 게 아니야.
그건 하나의 수단일 뿐이야.
그냥 우리를 옥죄는 코르셋을 벗고 자연스럽게 숨 쉬자는 거야.

여성에게 강요되는 꾸밈 노동을 자각하고,
세상에 단 하나뿐인 나를 있는 그대로 보여주자는 거야.
세상에 다양한 여성이 있다는 걸 보여주자는 거야.
아름다움의 기준이 획일적이지 않아야,
우리 여자들의 선택의 폭이 넓어지지 않을까?

생각해봐.
외모로 사람을 판단하는 게 너무 웃기잖아.

네 마음이 불편한 거 어쩌면 당연하다고 생각해.
나도 그랬으니까.
처음 탈코르셋을 접했을 땐
그럼 여태까지 내가 해왔던 건 뭐가 되는 건가 싶어서
엄청 거부감이 들었어.
그런데 말이야, 난 내가 좋아서 예쁘게 꾸미려 노력하고,
또 그걸 즐긴 거라 생각했는데 생각해보니 그렇지가 않더라고.

너, 그거 아니? 나 요즘 완전 편해.
너도 알잖아, 나 여름에 땀샘 폭발하는 거!
덥지, 땀나지, 그니까 계속 화장 수정해야지……
그래서 나 여름만 되면 집순이었잖아.
이젠 안 그래. 나 많이 달라졌어. 많이 편해졌어.

얼굴에 땀나면 손으로 쓱 닦아버리고
립스틱이 이에 묻을까 예민하게 굴지도 않아.
그 전엔 말도 잘 못하고, 먹는 것도 가리고 했는데 말야.
외출 준비도 얼마나 금방 끝나는지.
옛날엔 화장하고 옷 고르는 데 두 시간도 모자랐는데
이젠 느릿느릿 준비해도 30분이 안 걸려.
그 시간, 그 에너지 안 빼앗기니까
얼마나 여유로운지!
탈코르셋을 접한 게 참 다행이다 싶고 고마워.

해보니까 좋더라.

탈코르셋, 선택은 네 몫이야.

그렇게 하이힐이 멋지다면,
남자들이 먼저 신었겠지.

슈 그래프톤

예쁘지만 안 괜찮은 사람이 있다

A: 너 무슨 일 있어? 얼굴이 좀 안 좋은데?

B: 그래? 별일 없는데, 이상해?

A: 살이 좀 붙었나? 야, 화장이라도 좀 하지!
안 예쁘면 꾸미기라도 해야지! 안 그러냐?

B: 그런가? 난 화장 안 한 얼굴이 더 좋아.
근데 넌 풀 메이크업 했네.

A: 이 정도는 투자해야지!
물론 나 정도면 충분히 괜찮은 얼굴이긴 하지만.
그래도 하는 거랑 안 하는 거랑 완전 달라.

B: 그래? 근데 너 코가 좀 달라 보인다.

A: 이게 메이크업의 힘이지! 셰딩을 엄청 넣었거든.

근데 좀 봐봐. 나 앞트임 하면 훨 나을 거 같지 않냐?

B: 그 정도면 괜찮은 얼굴이라며?

A: 아니 괜찮긴 한데! 맘에 안 드는 구석이 있다는 거지.

콧볼이 펑퍼짐한 게 요샌 제일 거슬려.

그래서 축소수술 알아보고 있어.

인중 납작한 것도 짜증나. 사진 찍으면 원숭이상 되잖아.

옆 광대 때문에 윤곽도 하고 싶은데 그건 좀 무섭네.

그리고 또…….

스스로 예쁘다고 생각해도 만족하지 못하는 A.

화장하지 않아도 스스로 만족하는 B.

누가 더 행복할까?

클렌징 한 방이면 사라질 권력

많은 여성들이 자기 자신과 전투 중이다.
못생기고 뚱뚱한 여자는 조금이라도 더 예뻐지기 위해,
예쁜 여자는 지금보다 더 예뻐지기 위해.

몇몇 극성맞은 여자들 이야기 아니냐고?
어려서, 뭘 몰라서 그러는 거 아니냐고?

NO!!

젊은 여자들은 더 어려 보이려고
나이 든 여자들은 조금이라도 더 젊어 보이려고

부단히 애를 쓰고 있는 건 부정할 수 없는 현실이다.
그렇지 않고서야 어째서
주름 개선용 기능성 화장품이 매 시즌 업그레이드되고,
감기 환자 일색인 동네 이비인후과에서도
대놓고 보톡스와 필러 시술 홍보를 할까?

"예쁜 외모는 권력이고 최고의 자산이다."

남자들은 이런 말을 듣지 않는다.
여자들이 거울 앞에서 얼굴과 몸매를 가꿀 때
남자들은 책상 앞에서 미래를 설계한다.

그렇다면 정말 예쁘고 아름다운 여자가
진짜로 권력을 쟁취한 적이 있던가?
안타깝게도 여자의 예쁜 외모가 권력이라는 말은
새빨간 거짓말인 것 같다.
자신이 성적으로 소비되는 걸 권력이라 착각하고
아름다움을 유지하기 위해 노력하고 있다면 더더욱 안타깝다.

진짜 예쁜 외모가 권력이라면 이미 많은 여성들이

자신이 속한 분야에서 최고의 위치에 올랐어야 한다.
많은 아름다운 여성들이 외모로 이득 보는 건
너무도 찰나의 순간이다.

만약 외모 때문에 "내게 권력이 있어!"라고 느낀다면
그건 허구라고 생각한다.
조금이라도 못생겨지면 그 권력은 사라져버리니까.

클렌징 한 방이면 다 사라져버리는,
그런 일회성 권력이라면 쟁취하고 싶지 않다!

Instagram
lovelyjeanne
좋아요 1580개
glory9099 너무 예뻐요!
sunshine_319455 어떻게 하면 님처럼 예뻐질 수 있나요?
gun97250 레알 미모 갑! 전생에 나라를 구하셨나봅니다!
lovestorykl 이번 생에는 이 외모 불가능
sadending_212 섀도 정보좀요
yjchoi_loveme 이렇게 생기면 얼마나 행복할까!

보정의 힘

막 찍어도 화보인 사람들이 있지.
그렇지만 다 그런 건 아닙니다!
SNS 훈녀훈남들 중 상당수는
남들이 부러워할 법한 그 한 장의 사진을 건지기 위해
최소 두 시간 공들여 화장을 하고
수십, 수백 컷을 찍은 다음 그중 한두 장을 골라
거기에 또 엄청난 보정을 거쳐 업로드 한다는 사실!

남의 베스트컷과 자신을 비교하지 말아요.
그리고 말이죠, 실물 영접하면 못 알아볼 사람 많습니다.
그거 다 보정의 힘이라니까요!

그녀의 비포 앤 애프터

그녀는 셀카 장인이다.
아침에 눈을 뜨는 순간부터 셀카를 찍어댄다.
부스스한 머리, 떠지지 않는 눈, 밤새 베개에 눌려 자국 난 볼.
그녀는 '못생김주의' 인증샷을 찍으며 희열을 느낀다고 했다.
화려하게 변신할 기적의 시간이 다가오고 있으니까.

뭐 이런 변태 같은 소리를 하는가 싶었는데
그녀의 자기고백은 완전 진지했다.

그녀는 일어나자마자 기상 인증샷을 찍은 후
아주 천천히 정성을 들여 세수를 한다.

그러곤 스킨-에센스-로션-크림을 발라 피부에 수분을 더하고
선크림-파운데이션 순서로 기초공사를 마친다.
눈썹을 다듬고, 아이섀도를 칠하고, 립스틱도 바른다.
턱과 볼 섀딩까지 완벽하게 마무리되면
햇살 잘 들어오는 창가로 가 비스듬히 기대선다.

찰칵
찰칵
찰칵

30분 동안 저장된 사진은 100여 컷.
노 메이크업 상태의 사진 한 장과
풀 메이크업 상태의 사진 한 장을 골라
'오늘 아침 나의 비포 앤 애프터' 업로드 완료.

댓글이 쏟아진다.
하나하나 확인할 때마다 엔도르핀이 솟구친다.
민낯이 애프터 아니냐는 댓글이 가장 마음에 든다고 했다.

그러던 어느 날 아침에는

아르바이트 면접을 까맣게 잊어버렸다고 했다.
기억이 났을 땐 이미 늦어버렸다고.

조금 늦는다고 전화할까? 사고가 생겼다고 뻥을 쳐볼까?
고민은 아주 잠깐이었다.
그깟 편의점 알바가 뭐 대수라고!
그녀는 그날 종일 셀카를 찍으며
여유로운 한때를 즐겼다고 했다.

"나 정도 외모면 다른 데 금방 구할 수 있지 뭐!"

그녀는 그대로 쭉 여유로울 수 있을까?
나는 살짝 궁금해졌다.

이효리의 당당함이 좋다

〈효리네 민박〉을 첫 회부터 시즌 2까지 다 챙겨 봤다.
딱히 전원생활을 동경하는 건 아니지만
그냥 편안하게 보게 되는 매력이 있었다.
개 고양이 보는 재미도 있었고.

보면 볼수록 드는 생각.

와, 정말 부럽다.

효리 언니는 대체 뭐야?
아무리 리얼리티지만 방송인데 저래도 돼?

메이크업도 하지 않고,
시장에서 산 것 같은 촌스러운 옷을 걸치고
코 고는 모습, 화장실 드나드는 거,
심지어는 자다 깬 얼굴도 서슴없이 보여준다.
더 놀라운 건, 그럼에도 예쁘다는 거였다.

뭘 해도 예쁜 효리 언니는
'원판 불변의 법칙'을 시전하고 있었다.
아침에 일어나 두 시간씩 화장을 하지 않아도
본판이 예쁘니까 어떤 모습이든 그냥 예뻤다.
나와는 애초에 다른 사람이라고 생각하니
질투조차 나지 않았다.

본방 놓치면 다운이라도 받아서
꼬박꼬박 챙겨 보던 어느 날,
나는 엄청난 사실을 알게 됐다.

효리 언니도 자신 없어하는 부분이 있다는 것.

시즌 1 마지막회,

효리 언니의 남편이 효리 언니의 얼굴 그림을 보고
눈 밑에 비립종을 잔뜩 찍었다.
그 그림을 본 효리 언니가
"나를 신경질 내는 여자로 만들었어!"라며
싫은 소리를 했다.
그걸 보면서 효리 언니가 눈 밑 비립종에
엄청 신경 쓰고 있다는 걸 알게 됐다.

내친 김에 기사 검색을 해봤다.
그런데 세상에, 효리 언니의 비립종은
6년 전부터 화제가 되고 있었다!
모 예능 프로그램에 출연한 효리 언니의 얼굴에
비립종이 잔뜩 돋아 있었던 거다.

사람들 모두가 자기 얼굴의 단점을 알고
그걸 가지고 말들을 하면 엄청 수치스러울 것 같은데,
그럼에도 불구하고 감추지 않고
당당히 자신의 민낯을 드러내다니……
정말 대단하다는 생각이 들었다.
'굳이 화장하지 않는' 효리 언니의 진심이 느껴졌다.

그땐 탈코르셋이라는 개념조차 모를 때였는데도
나는 효리 언니한테 홀딱 반해버렸다.

외모를 꾸미기보다는 자기의 신념을 지키면서
자기 본모습을 있는 그대로 드러내는 그녀!
진정한 탈코르셋은 이렇게 하는 게 아닐까?

그리고 갓효리 언니의 명언 하나!

> 좋은 사람을 만나려고 여기저기 눈 돌리면 없고,
> 내가 나 자신을 좋은 사람으로 바꾸려고 노력하니
> 내게 좋은 사람이 오더라.

나는 탈코르셋을 통해
나를 좋은 사람으로 변화시키는 중이다.

이 세상에서 가장 강한 사람은
자신이 완벽하지 않다는 사실을
인정하는 사람이다.

알프레드 아들러

은발의 강경화 장관에게 배운 애티튜드

허리까지 오던 머리를 시원하게 잘랐다.
숏컷으로 자르고 보니 그렇게 좋을 수가 없다.

머리를 자른다고 했을 때
주변 사람들의 반응이 재밌었다.
어떤 친구들은 좋아했지만
어떤 친구들은 '넌 긴 머리가 낫다'라며 뜯어말렸고
단발이 낫지 않겠냐며 중도를 지키는 친구도 있었다.

온갖 반대와 간섭을 뿌리치고 머리를 잘랐지만
몇몇 친구들은 아직도 나를 설득 중이다.

"야, 숏컷 관리가 더 힘들다?"
"미용실 더 자주 가야 해서 돈 더 많이 들 텐데."
"여름에는 덥고 겨울에는 춥다는 함정이 있음."
"'거지존' 진입 금방이다. 겁나 불편할걸?"

유튜브 구독자들의 반응은 더 재밌었다.
머리를 자른 후 영상을 올렸는데,
내 머리 길이를 가지고 댓글에서 이러쿵저러쿵하는 거다.

언제부터 내 헤어스타일에 관심이 있었다고
다들 이렇게 난리지?
신기할 지경이었다.

강경화 외교통상부 장관같이 사회적으로 지위가 높은 사람도
헤어스타일 때문에 사람들 입방아에 오르곤 한다.
백발과 흑발이 섞인 '은발'이기 때문이다.

예전 기사를 읽어보니,
원래 이분도 새치 때문에 염색을 하다가

2008년 새해 결심으로 염색을 하지 않기로 했다고 한다.
본모습을 뭔가로 가리고 싶지 않다는 생각이 들었다고 한다.

그분의 엄마는 '내가 민망하니 염색 좀 하라'고 난리인데,
엄마는 가끔 보고 매일 출근하는 유엔에서는 아무도 뭐라 안 하니
편안하게 은발을 유지했다고 한다.
유엔은 워낙 다양한 인종에 머리 색깔이 천차만별인 곳이라
누가 어떤 머리색을 하든 그 누구도 개의치 않는다고.

기사를 다 읽고 나니 강경화 장관이 정말 부러워졌다.
염색하지 않고 은발로 살 수 있었던 건
자기가 원하는 걸 실천에 옮기는 용기가 있기 때문이었겠지만,
간섭하는 사람이 거의 없었기 때문이기도 하지 않을까?
한국에서 일할 때는 주기적으로 염색을 하다가
국제기구로 직장을 옮기고 염색을 하지 않은 건
그만큼 사람들이 외모 평가를 하지 않아서일 거다.

남의 외모에 대해 간섭하지 않는 사회에서는
탈코르셋을 더욱 빨리 할 수 있을 것이다.
그런 사회가 빨리 오기를 바란다.

물론,
아직 한참 먼 우리나라에서 살아남으려면
결국 내 용기와 신념이 더 단단해져야 할 일이다.

외교통상부 장관에 임명되어 한국에 돌아와
다시 간섭의 눈초리를 받게 됐지만
여전히 은발을 유지하고 있는 강경화 장관처럼 말이다.
멋있는 여성의 애티튜드는 그런 것!

예쁘다는 말은 칭찬이 아니다

남들에게 이렇다 저렇다 평가받는 걸 좋아할 사람이 있을까?
그럼에도 우리는 시시때때로 '남 얘기'를 즐긴다.
특히나 외모에 대해서.

– 못생겼다 덜생겼다 뚱뚱하다 몸매가별로다
– 까맣다 피부가더럽다 여드름피부다 주근깨가많다
– 머릿결이나쁘다 머리숱이없다
– 눈이작다 눈이찢어졌다 눈썹이모나리자다
– 코가낮다 들창코다 콧구멍이크다
– 팔자주름이있다 입술이희미하다 치열이고르지못하다

이런 말을 들고 기분 좋을 사람은 한 명도 없다.
'팩트'라는 말로 넘어가기엔 너무 비겁하지 않나?

그런데 해서는 안 되는 말이 또 있다.
바로 '예쁘다'는 칭찬이다.

- 예쁘다 날씬하다 아름답다
- 피부가희고곱다 피부가도자기다
- 머릿결이비단결 머리숱이많다
- 쌍꺼풀이예쁘다 속눈썹이인형같다
- 코가오똑하다
- 입술이섹시하다 치열이가지런하다

캐나다에서 지낼 때였다.
친구에게 "너 참 예쁘다."라고 했다가
수습하느라 진땀을 흘린 적이 있다.
친구가 아주 당혹스럽고 불쾌해했기 때문이다.

칭찬인데 왜 그러지? 이상하다 싶었는데
'예쁘다'라는 말, 그건 평가였다.

그것도 아주 무례한 평가!

언젠가 친하게 지내는 언니가
회사 생활이 힘들다고 하소연을 한 적이 있다.
"예쁘다." "미인이다." "점점 더 예뻐지는 것 같다."
그런 말들이 너무 싫고 기분 나쁘다고 했다.
'뭐지 이 언니? 칭찬인데 왜?' 싶었는데 속사정은 이랬다.
언니가 다니는 회사는 직원 수가 열 명이 안 되는 작은 회사인데
언니 외에는 대부분 열 살 이상 차이가 나는 남자들이란 거다.
그래도 칭찬인데 뭐 그리 기분이 상할까 싶은가?
그럼, 이런 말을 들으면 기분이 어떨까?

"미인이 주는 커피는 더 맛있네."
"우리 사무실에 ○○씨 없으면 출근할 맛이 안 나!"
"예뻐서 시집도 잘 가겠어!"

업무가 아니라 외모로 평가받는다는 생각이 들고,
자신이 성적 대상이 되는 것 같아
너무 너무 너무 싫다던 언니.

칭찬을 하려거든
타고난 외모가 아닌 그 사람의 능력, 노력을 칭찬하자.

아, 물론, 예쁜 사람을 보면 자동반사적으로
"우와! 정말 예뻐요!"라는 감탄사가
육성으로 터져 나오는 나란 사람……
남 탓하기 전에 나부터 조심해야지.

예쁘다는 말은 독이 되는 말

예쁘다는 말은 마약과도 같다.
그 말을 들으려고 더욱 외모에 신경을 쓰게 되고
거울 속 모습이 마음에 들지 않는 날에는
괜히 울적해지기까지 하니까.

예쁘다는 말은 외모강박을 부추기기도 한다.
외모에 더 신경을 쓰고,
뷰티 트렌드에 더 민감해지고,
안 되면 '템빨'이라도 있어야 하니까
더 많이 사고, 더 많이 쓰고.

예쁘다는 말은 내 삶도 바꿔놓았다.
예쁘단 소리를 듣고 싶어서 나 자신을 평가하고 혹사시켰다.
나에겐 외모 비하보다 외모 칭찬이 더 독이 됐다.

– 와, 눈이 정말 예뻐요!
– 살만 빼면 진짜 예쁠 것 같아요!

이런 말들을 들으며 생각했다.

예뻐야 사랑받는구나. 더 예뻐지고 싶다.
예쁘지 않으면 가치가 없어.
그럼 난 쓸모없는 존재인가?
그래, 더 노력하고 가꿔야지.

나만 그런 줄 알았는데,
유튜버로 활동하면서 나와 같은 생각을하는 사람들이
정말 많다는 걸 알게 됐다.
자신의 존재를 비참하게 만드는 생각의 꼬리들.

그래서 내가 내린 결론은 이렇다.

예쁘다는 말 = 독이 되는 말.

외모 칭찬은 칭찬이 아니다.
상대가 뭘 할 수 있는 사람인지, 뭘 이뤄낼 사람인지를 보고
그 가능성에 박수를 보내자.
아니, 그것도 굳이 칭찬할 필요는 없다.
있는 그대로 믿고 지켜봐주자. 그거면 충분하다!

딸을 키우는 부모에게는 두 가지 선택이 있다.
하나는 행복해지려면 살을 빼야 한다고 말하는 것.
다른 하나는 딸의 잠재력을 알아봐주는 것.

로빈 실버만

굿바이, 자존감 도둑

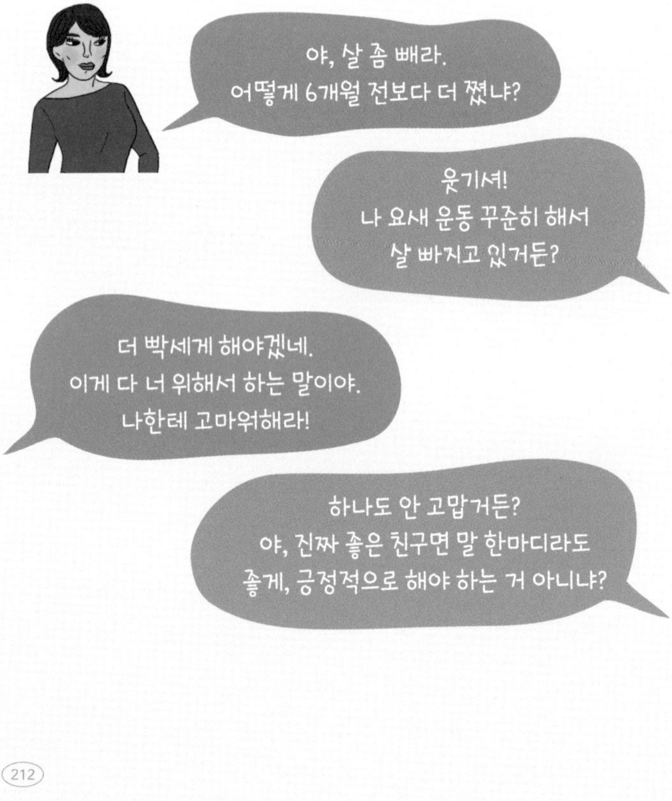

야, 살 좀 빼라.
어떻게 6개월 전보다 더 쪘냐?
웃기셔!
나 요새 운동 꾸준히 해서
살 빠지고 있거든?
더 빡세게 해야겠네.
이게 다 너 위해서 하는 말이야.
나한테 고마워해라!
하나도 안 고맙거든?
야, 진짜 좋은 친구면 말 한마디라도
좋게, 긍정적으로 해야 하는 거 아니냐?

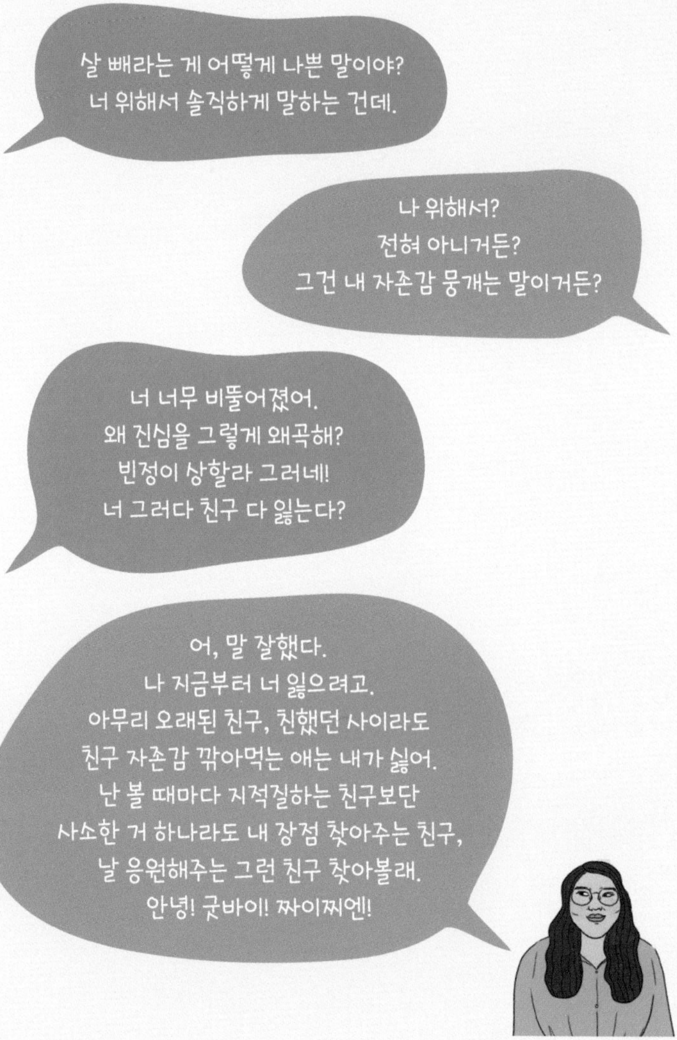
살 빼라는 게 어떻게 나쁜 말이야?
너 위해서 솔직하게 말하는 건데.
나 위해서?
전혀 아니거든?
그건 내 자존감 뭉개는 말이거든?
너 너무 비뚤어졌어.
왜 진심을 그렇게 왜곡해?
빈정이 상할라 그러네!
너 그러다 친구 다 잃는다?
어, 말 잘했다.
나 지금부터 너 잃으려고.
아무리 오래된 친구, 친했던 사이라도
친구 자존감 깎아먹는 애는 내가 싫어.
난 볼 때마다 지적질하는 친구보단
사소한 거 하나라도 내 장점 찾아주는 친구,
날 응원해주는 그런 친구 찾아볼래.
안녕! 굿바이! 짜이찌엔!

이 죽일 놈의 외모 지상주의

"연기력은 괜찮은데, 살을 좀 빼야 할 것 같아요."

내가 어느 오디션 현장에서 들은 말이다.
연기는 잘하는데 뚱뚱해서 탈락이란다.
뭐, 익숙한 일이다.
그래서 오디션 담당자에게 물어봤다.

"살찐 사람이 할 수 있는 배역은 없나요?"
"있긴 한데, 은정 씨가 할 만한 역할은 아니라."

대체 어떤 역할인지 궁금했지만

이런저런 핑계를 댈 게 뻔해서 관뒀다.
대신 이런 질문을 했다.

"근데 제 연기가 정말 괜찮긴 한 거죠?"
"그럼요! 그건 진짜, 객관적인 평가죠!"

집에 돌아와 생각했다.
연기보다 외모를 더 중요하게 생각하는 그들은
훗날 분명 후회할 거라고.
내가 그렇게 만들 거라고!

아, 이 죽일 놈의 외모 지상주의.
큰소리는 치지만 자존감이 막 낮아지려 한다.
이럴 땐 내 장점을 리스트업 해보자.

먹는 걸 좋아해서 잘 해 먹고, 음식도 잘한다.
방송영상학과 출신이라 영상 촬영, 편집, 제작을 잘한다.
그림을 잘 그려 즉석에서 캐리커처를 그릴 수도 있다.
목소리가 부드러워서 같이 있으면 편안하다.
남의 말을 잘 들어줘서 자꾸만 더 이야기하고 싶게 만든다.

무엇보다도 나는
장점은 발전시키고, 단점은 최선을 다해 수정하는
커다란 자신감과 에너지를 가지고 있는 사람이다.

그래, 나 이렇게 장점 많은 사람이야.

내 외모를 돌려 '깐' 그 오디션 담당자.
그는 아주 좋은 연기자, 훗날의 동료를 영원히 놓쳐버린
아주 딱한 사람이다.

중요한 것은
여자의 얼굴 위에 발린 것이 아니라,
그 얼굴 안에 들어 있는 것이다.

클로데트 콜베르

인형 옷 거부하기

"내 옷은 뚱뚱한 여성이 입으면 안 된다."

"내가 만든 구두를 여성들이 신고
아파하든 말든 내 알 바 아니다.
아프면 안 신으면 되는 것 아닌가?"

어느 명품 브랜드 수석 디자이너들의 명언이다.
정말 우습게도 저 사람들, 다 남자다.

대부분의 명품 브랜드는 여성을 타깃으로 한다.
그런데 그 명품 브랜드의 디자이너들이 남성이다.

CEO도 거의 대부분 남성이다.
그중 몇몇은 지독한 여성 혐오에 빠져 있기까지 하다.
모델을 성희롱하고 성추행한 혐의로
패션 잡지 디렉터가 고소되자,
어떤 디자이너가 이런 말을 했다.

"미투 운동 이제 지긋지긋하다.
터치가 싫으면 수녀원에나 들어가라."

이 기사를 읽고 믿을 수가 없었다.
이게 여성을 위하는 옷을 만드는 사람이 할 말일까?
뭔가 이상하잖아!

소위 패션을 이끄는 이 남자들은
대체 여성의 몸을 뭐라고 생각하는 걸까?
그들이 만들어내는 여성 옷들은 한 마디로 인형 옷이다.
여성의 몸을 불편하고 힘들게 한다.
입고 벗기 불편하고,
사이즈가 다양하지도 않고,
실용적이지도 않다.

남성용 옷과 비교해보면 바로 답이 나온다.
남성용 재킷에 그렇게 많은 주머니가 있을 줄이야!
어쩐지 다들 가방도 없이 맨몸으로 잘만 다니더라.
반면 여성 옷에는 주머니가 별로 없다.
있어도 무언가를 넣을 수 없을 정도로 작고,
아예 주머니가 가짜인 것도 있다.
예쁘기만 하면 된다는 게 그 이유다.

그럼에도 불구하고 많은 여성들이
그들의 옷과 구두와 가방을 소비해주고 있다.
왜 우리는 불만을 이야기하지 않고
옷에 몸을 맞추려 할까?
왜 그 불편한 신발 위에 올라서려 하고,
실용성 제로의 장식 같은 가방을 메려 할까?

여성을 인형쯤으로 취급하고
여성의 몸을 불편하게 만드는 그 옷들은
이제 과감히 거부해야 하지 않을까?

'요즘 옷은 너무 작게 나와서 입기 힘들어'라고 생각했으면,
'살을 더 빼야지'라고 말하지 말자.
당당하게 외치는 거다.

너희들 옷 안 사!

다이어트는 필수
모든 여자는 아름답다
안 예쁘면 꾸미기라도 해라
관리 안하면 바로 티나
예쁘지 않으면 가치없어
예쁜 외모는 권력

다이어트는 필수
모든 여자는 아름답다
안 예쁘면 꾸미기라도 해라
관리 안하면 바로 티나
예쁘지 않으면 가치없어
예쁜 외모는 권력

이제 더 이상 탈탈 털리지 않겠습니다

도대체 얼마나 살을 빼야 예뻐 보이는 거죠?
도대체 얼마나 화장으로 커버해야 예쁜 건가요?
왜 키에 관계없이 여자 연예인들은 다 45킬로그램인가요?
아이돌 걸그룹 같은 마른 몸매가 좋아요?
정상 체중인 사람도 왜 365일 다이어트를 입에 달고 살까요?

내 주변에도 정상 체중, 충분히 예쁜 체형임에도
스스로 뚱뚱하다고 생각하고, 살찌고 싶지 않다며
먹은 걸 토해내는 친구들이 여럿 있다.
몸무게에 대한 집착이 강해 식이장애가 생긴 것이다.
나 역시 과거에 그랬다.

그냥 그 친구들이 이상한 걸까?
나는 미디어와 그들을 움직이는 광고에
사회적 책임이 있다고 확신한다.
그들의 영향력은 어마어마하다.
그것도 아주 고약하고 나쁜 방향으로.
예쁜 게 좋은 거고, 그 좋은 걸 쟁취하기 위해 소비해야 한다고
여성들을 세뇌시켰다.
지금도 끊임없이 교묘한 상술로 우리를 현혹하고 있다.
알면서도 당하고 마는 그 달콤한 유혹!
문제는 미디어에서 보여주는 아름다움의 기준이 너무 높다는 것.

– 이 화장품을 쓰면 너도 이 여배우처럼 동안이 될 거야
– 이 약을 먹으면 너도 이 여가수처럼 날씬해질 수 있어

그렇게 우린 탈탈 털렸던 거다.

여성들에게 예뻐지려고 노력하지 않으면
'루저'가 되고 말 거라고 몰아간 수많은 미디어와
그들을 쥐락펴락하는 광고주들에게 경고한다.

꺼져!

예쁘지 않고, 살찐 여자를 완전히 망가뜨려
우스운 개그 소재쯤으로 소비하는 당신들.
그 비웃음 속에서 여성들은 끊임없이 외모강박에 빠지고 말았다.

외모에 투자하지 않는 걸 무슨 범죄인 양 취급하고
자연스럽게 나이 드는 걸 공포로 조장하는 것이야말로
중대한 범죄다.

나는 아름다움의 기준을 곡해하는 미디어와 광고에
더 이상 탈탈 털리지 않겠다고 다짐한다.
그리고 더 많은 여성들이 보다 현명한 소비자로 거듭나리라
믿어 의심치 않는다.

아름다움은 개인적 차원의 일이 아니다.
사회, 경제, 정치적 불평등을 반영한다.

발트라우트 포슈

에필로그

이 세상 모든 엄마에게

엄마, 난 기억하고 있어요.
"살 빼라! 제발 좀 빼라!" 하던 그 말.
내가 살찐 건 사실이니까
그런 말 듣는 건 당연하다고 생각했는데
지금은 아니에요.

나는 사실 내내 우울한 아이였어요.
예쁘지 않고 뚱뚱해서 놀림받는 내가 나도 싫었어요.
그런데 지금은 그렇게 생각하지 않아요.
내가 정말 아프고 힘들었던 건 엄마에게 들어온 그 말.
여자는 예쁘고 날씬해야 한다는 그 말들 때문이었어요.

"조금만 살을 빼면 예쁠 텐데."
"아직 어린데 그렇게 살찐 채로 사는 게 아깝지도 않니?"
"살 빼면 너도 인기가 많아질 거야."
"예뻐지면 남자들이 줄을 설 텐데."

아, "예쁜 여자가 시집도 잘 간다."
이 말도 빠져서는 안 되죠.

그런데 엄마,
여자애가 아름다운 여성으로 자라 시집 잘 가는 게
정말 좋은 건가요? 성공한 인생인가요?
남자애들에겐 좋은 학교, 좋은 직장, 좋은 집을 가져라,
무엇보다 훌륭한 사람이 되라고 하면서
왜 여자애들에게는 예쁘고 날씬해야 한다고 이야기하는 거죠?
왜 여자애들에게는 꾸밀 줄 알아야 한다고 말하는 거죠?

가끔 부모님들에게 딸이란 존재는
옷 입히기 놀이를 하는 인형이 아닐까 하는 생각이 들어요.
아직 머리카락이 다 자라지도 않은 갓난아이에게
레이스 달린 머리띠를 씌우고
핑크색 리본을 달아 놓은 걸 봐요.
마치 공주 인형처럼.
세상의 많은 딸들은 그렇게 태어나면서부터
전형적인 아름다움을 강요받아요.

자아가 아직 완전히 자리 잡지 못한 아이들은
어른들에게 많은 영향을 받는대요.
특히 부모에게 가장 큰 영향을 받겠죠.
세상 모든 기준이 자신의 부모가 되는 거예요.

모 TV 프로그램에서 본 한 장면이 떠오르네요.
엄마와 딸이 쇼핑을 하고 있었어요.
치마를 입기 싫어하는 딸에게 엄마는 치마를 강요하더라고요.
"네 또래 여자애들은 다 패션에 관심이 많던데 넌 왜 그러니?"
엄마는 치마를 싫어하고 패션에 관심이 없는 딸을
굉장히 이상한 눈으로 쳐다보면서,
"너 누구 딸이니?"라는 말도 덧붙이더라고요.
불편하고 귀찮다는 딸에게 왜 굳이 치마를 입혀야 하는지.
자신의 취향으로 아이를 바꿔나가는 게 너무 안타까웠어요.

그 후 인터넷에서 우연히 그 여자아이의 사진을 보게 됐어요.
편한 옷을 좋아하던 그 아이가
미니스커트를 입고 화장을 하고 힐을 신고 있더라고요.
엄마가 입혀준 건지, 취향이 달라진 건지,

아니면 그날만 그렇게 입은 건지 알 수 없는 노릇이죠.
하지만 어쨌든 자기 소원이 이루어져서 그 엄마는 참 좋겠어요.

엄마, 난 엄마에게 이런 말을 듣고 싶었어요.

넌 지금 충분히 멋진 아이야.
네가 원하는 대로 입고, 원하는 만큼 꾸며.
꾸미지 않아도 괜찮아.
언제나 너 자신에게 솔직하고 당당해지렴.
넌 앞으로 많은 걸 해나갈 수 있는 아이야!

나는
엄마가 아름답지 않아도,
엄마가 날씬하지 않아도,
엄마가 흰머리가 많아도,
엄마를 사랑해요.

엄마, 그러니 엄마도 있는 그대로의 나를 봐주세요.
못생기고, 뚱뚱하고, 무표정하고, 남자 같아도
나는 엄마 딸이에요.

있는 그대로의 내 모습으로 인정받고 싶어요.
더 행복해지고 싶어요.

안녕.

PS.

아빠가 서운해하실 것 같아서,
추신을 남겨요.

이 편지를 읽은 누군가가 묻더라고요.
왜 엄마한테만 편지를 썼냐고.
아빠가 알면 서운하겠다고.

사실 두 분 다 서운해하시겠죠.
아빠는 이렇게 말씀하시겠죠.
"엄마만큼 아빠도 너를 사랑하는데……."
엄마는 이렇게 말씀하실 거예요.
"아빠도 네 몸매 가지고 뭐라 했는데……."
이런 두 분의 모습이 제 눈앞에 선하네요.

물론 저도 아빠를 좋아하고 사랑해요.
하지만 어린 시절 기억을 되짚어보면 말이죠.
거의 엄마가 나를 돌봐주고 챙겨주셨어요.

아빠, 생각해보세요.
제가 아주 어렸을 때나
저와 놀아준 재미난 아빠의 기억이 있지,
커 가면서 아빠는 엄격하게 변해갔잖아요.
벌을 받을 때 정말 무서웠던 기억이 나요.

나이 들수록 우린 거의 말을 하지 않았죠.
그래서 그런지,
아빠랑은 좋은 추억도 나쁜 기억도 별로 없어요.
아빠는 아주 늦은 밤 잠깐 얼굴 보는 게 전부였으니까.

그러니 제 마음속에, 그리고 추억 속에
아빠의 자리는 별로 없어요.
이런 아빠에겐 불만도 부탁도 없게 됐어요.

그러니 아빠,

이제부터라도

저와 더 많은 추억을 쌓고,

저와 더 많은 경험을 하고,

제 꿈에 대해 이야기해주세요.

"살 빼서 예쁘게 하고 다니면 소원이 없겠다."라는 말 대신,

"너는 충분히 멋진 사람으로 크고 있어."라고 말해주세요.

그러면 저도 아빠를 이해하려 노력할게요.